tilt!

W0460735

Maths

5e

Sabine Aval
Isabelle Lemoine
Mylène Salvan
Professeures de mathématiques en collège

Hatier

Sommaire

✔ Les 38 chapitres du cahier

Coche la case ❑ quand tu as fini un chapitre !

Les fiches de révision

» dans le carnet détachable

Nombres et calculs

Organisation et gestion de données

Géométrie et mesures

Les vidéos Lumni

Révise autrement en regardant des vidéos de cours !

Les quiz battle

Défie en ligne les autres utilisateurs du cahier !

Tous les corrigés

Avec des explications

» dans le livret détachable au centre du cahier

1 Utiliser les critères de divisibilité

Le mémo

Comment savoir si un nombre est divisible par 2, 5 ou 10 ?

Je regarde le **chiffre des unités** du nombre.

- Divisible par 2 : ce chiffre doit être 0 ; 2 ; 4 ; 6 ou 8.
- Divisible par 5 : ce chiffre doit être 0 ou 5.
- Divisible par 10 : ce chiffre doit être 0.

EXEMPLE : 756 est divisible par 2, mais ni par 5, ni par 10.

Comment savoir si un nombre est divisible par 3 ou 9 ?

J'**ajoute tous les chiffres** du nombre.

- Divisible par 3 : le résultat doit être dans la table de 3.
- Divisible par 9 : le résultat doit être dans la table de 9.

EXEMPLE : 7 + 2 + 6 = 15. 15 est dans la table de 3, donc 726 est divisible par 3.

Comment faire s'il n'y a pas de critère de divisibilité ?

Je dois effectuer la **division euclidienne**.

EXEMPLE : Pour que 119 soit divisible par 7, il faut que le reste de la division euclidienne par 7 soit égal à 0. C'est le cas, 119 est divisible par 7.

```
 1 1 9 | 7
−   7  |------
 -----   1 7
   4 9
−  4 9
 -----
     0
```

> fiche 1

vidéo Lumni
hatier-clic.fr/25mat501

Les exos

1 ★ **Entoure les nombres divisibles par 2.**

531 (748) (12) 555 (790) 37 (0) (346)

Un coup de main ? Lis la fiche 1 pour bien comprendre les notions de multiple et diviseur.

2 ★★ **Entoure les nombres qui sont multiples de 5 mais pas de 10.**

(375) 830 532 (125) 637 470

3 ★★ **Complète le tableau avec Vrai (V) ou Faux (F).**

Le nombre	21	81	175	354	2 853	36 639
est divisible par 3	V	V	F	V	V	V
est un multiple de 9	F	V	F	F	V	V

4 ★★★ Je suis un nombre à deux chiffres, je suis divisible par 2, par 5 et par 9.

a. **Qui suis-je ?** 90

b. Trouve **3 de mes multiples**. 180 | 270 | 540

c. Trouve **tous mes diviseurs**.

45

Un coup de main ? Trouve le seul chiffre des unités possible pour que le nombre soit à la fois divisible par 2 et par 5.

» Corrigés p. II

2 Décomposer un nombre entier en produit de facteurs premiers

Le mémo

Qu'est-ce qu'un nombre premier ?

C'est un nombre entier qui admet exactement **deux diviseurs** qui sont : **1 et lui-même**.

EXEMPLE : $5 = 1 \times 5$
Les seuls diviseurs de 5 sont 1 et 5, donc 5 est un nombre premier.

Comment savoir si un nombre est un nombre premier ?

Je cherche ses **diviseurs** :

- si ses diviseurs sont seulement 1 et lui-même, il est **premier** ;
- sinon, ce n'est pas un nombre premier.

EXEMPLE :
$12 = 1 \times 12$; $12 = 2 \times 6$; $12 = 3 \times 4$.
Les diviseurs de 12 sont 1 ; 2 ; 3 ; 4 ; 6 et 12, donc 12 n'est pas premier.

Comment décomposer un nombre entier en produit de facteurs premiers ?

J'applique la **méthode** de la fiche 2 (p. 3 du carnet).

EXEMPLE : décomposition du nombre 330.

$330 = 2 \times 165$
$= 2 \times 3 \times 55$
$= 2 \times 3 \times 5 \times 11$

Tous les facteurs sont des nombres premiers, la décomposition est donc :
$330 = 2 \times 3 \times 5 \times 11$

> fiche 2

vidéo Lumni
hatier-clic.fr/25mat502

Les exos

1 ★ **Pourquoi les nombres suivants ne sont-ils pas des nombres premiers ?**

a. 6 : ....
b. 15 : ....
c. 100 : ....
d. 543 : ....

Un coup de main ?
Utilise les critères de divisibilité (voir chapitre 1).

2 ★ **Entoure les nombres qui sont des nombres premiers dans cette liste.**

1 2 7 10 14 23 25 27

3 ★★ **Décompose les nombres suivants en produit de facteurs premiers.**

a. 75 = ...
b. 126 = ...
c. 210 = ...

Un coup de main ?
Applique la méthode du mémo ci-dessus, ou bien décompose en utilisant les tables de multiplication.
Ex. : $330 = 33 \times 10$
$= 3 \times 11 \times 2 \times 5$

4 ★★★ Un fleuriste a 66 tulipes. Il prépare des bouquets en y mettant le même nombre de tulipes et il veut utiliser toutes ses tulipes.
Combien de bouquets pourra-t-il faire ?

....
....
....

>> Corrigés p. II

3 Respecter les règles de priorité

Le mémo

Dans quel ordre faut-il faire les calculs ?

Dans une suite de calculs, j'effectue :
1. les calculs entre parenthèses ;
2. les multiplications et les divisions dans l'ordre de lecture ;
3. les additions et les soustractions dans l'ordre de lecture.

EXEMPLES :

$A = 8 + (7 - 3) \times 5 - 0{,}8 \div 2$ Priorité 1
$A = 8 + 4 \times 5 - 0{,}8 \div 2$ Priorité 2
$A = 8 + 20 - 0{,}4$ Priorité 3
$A = 28 - 0{,}4$
$A = 27{,}6$

$B = 7 \times 4 \div 10 \times 2$ Priorité 2
$B = 28 \div 10 \times 2$ Priorité 2
$B = 2{,}8 \times 2$
$B = 5{,}6$

Et s'il y a un trait de fraction ?

Je calcule le numérateur (ce qui est en haut de la fraction), je calcule le dénominateur (ce qui est en bas de la fraction), puis je fais la division finale.

EXEMPLE :

$C = \dfrac{39 - 3}{3 \times 2}$ ← C'est comme $(39 - 3) \div (3 \times 2)$
Priorité 1
$C = \dfrac{36}{6}$
$C = 36 \div 6 = 6$

fiche 3

vidéo Lumni
hatier-clic.fr/25mat503

Les exos

★ 1 Calcul.

$A = 5 \times (10 - 6)$	$B = 9 - 8 \div 2$	$C = (20 - 8) \div 2$	$D = \dfrac{10 + 40}{10}$
A = ...	B = ...	C = ...	D = ...
A = ...	B = ...	C = ...	D = ...

★★ 2 Calcul.

$A = 7 \times 3 - 20 \div 5$	$B = 17 - (8 - 6) \times 4$	$C = 10 \times 4 \div 5 \times 3$	$D = \dfrac{21 + 9}{7 - 4}$
A = ...	B = ...	C = ...	D = ...
A = ...	B = ...	C = ...	D = ...
A = ...	B = ...	C = ...	D = ...

★★★ 3 Place des parenthèses pour que les calculs soient justes.

a. $4 + 6 \times 3 = 30$
b. $40 \div 9 - 7 = 20$
c. $40 \div 20 \div 4 = 8$
d. $3 + 9 \times 8 \div 2 = 48$

Un coup de main ? Où peux-tu placer des parenthèses pour changer l'ordre des priorités de chaque calcul ?

Corrigés p. II

4 Résoudre des problèmes avec les quatre opérations

Les exos

1 **Associie chaque problème à la suite de calculs qui lui correspond.**

1. Lors d'une brocante, Estelle achète 4 romans et 5 mangas. Chaque roman et chaque manga coûte 2 €. Combien a-t-elle dépensé ?

2. Enzo achète sur internet 5 carnets à 2 € chacun. Il y a 4 € de frais de livraison. Combien paiera-t-il ?

3. Kylian avait 5 € dans son porte-monnaie. Sa mamie lui donne 4 € à partager équitablement avec sa sœur. Quelle somme a-t-il désormais dans son porte-monnaie ?

a. $4 + 5 \times 2$

b. $5 + 4 \div 2$

c. $(4 + 5) \times 2$

2 **Résous chacun de ces problèmes.**

Un coup de main ? Si besoin, tu peux faire un schéma pour représenter la situation.

a. Un camion pèse 3 250 kg une fois chargé. On décharge de ce camion trois palettes qui pèsent chacune 800 kg. Combien pèse alors le camion ?

b. Anaïs achète pour la rentrée 4 lots de copies à 4,20 € l'unité et 5 surligneurs à 1,10 € l'unité. Combien dépense-t-elle ?

c. Calcule le périmètre du triangle ci-contre sachant que AC = 1,5 cm.

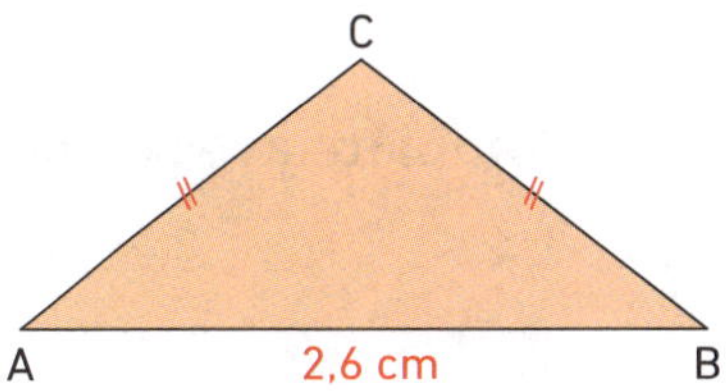

3 Flavie a acheté un pantalon à 26 € et 3 tee-shirts. Elle ne se souvient plus du prix d'un tee-shirt mais elle sait qu'elle a payé avec un billet de 50 € et que le vendeur lui a rendu 9 €.

Retrouve le prix d'un tee-shirt.

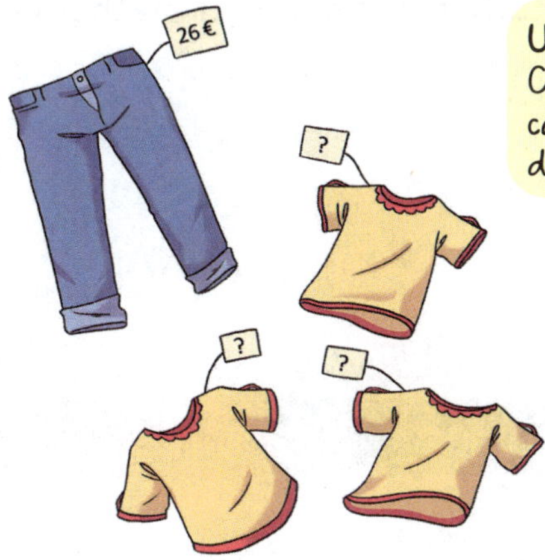

Un coup de main ? Commence par calculer les prix des 3 tee-shirts.

» Corrigés p. II

5 Comparer des nombres relatifs

Le mémo

Comment comparer deux nombres positifs ?

Le **plus grand** est toujours le **plus éloigné** du zéro.

EXEMPLE : 7,5 < 12,3
7,5 est plus petit que 12,3.

Comment comparer deux nombres négatifs ?

Le **plus grand** est toujours le **plus proche** du zéro.

EXEMPLE : –3 > –7
–3 est plus grand que –7.

Comment comparer un nombre positif et un nombre négatif ?

Le **plus grand** est toujours le **nombre positif**.

EXEMPLE : –999 < +3

> fiche 4

vidéo Lumni
hatier-clic.fr/25mat505

Les exos

1 ★ **Compare les nombres suivants en utilisant les symboles <, > ou =.**

2,8 …. 2,86   –7,5 …. 7,5   –123 …. –321

–40,2 …. –38,9   5,6 …. –8,32   2,1 …. 2,10

2 ★★ **Range les nombres suivants dans l'ordre croissant (du plus petit au plus grand).**

5,4   0   –10,5   3,2   –15   –5, 4

………… < ………… < ………… < ………… < ………… < …………

Un coup de main ?
Commence par classer les nombres négatifs : ce seront forcément les plus petits nombres…

3 ★★ **Complète avec un nombre entier.**

3,3 < …….. < 4,3   –8,1 < …….. < –7,6

–0,9 < …….. < 0,6   –5,2 > …….. > –6,3

4 ★★★ **Place les mathématiciennes et mathématiciens suivants sur la frise chronologique.**

Pythagore, né vers – 569   Ada Lovelace, née en 1815   Thalès, né vers – 624

Hypatie d'Alexandrie, née vers 370   Alan Turing, né en 1912   Ératosthène, né en – 276

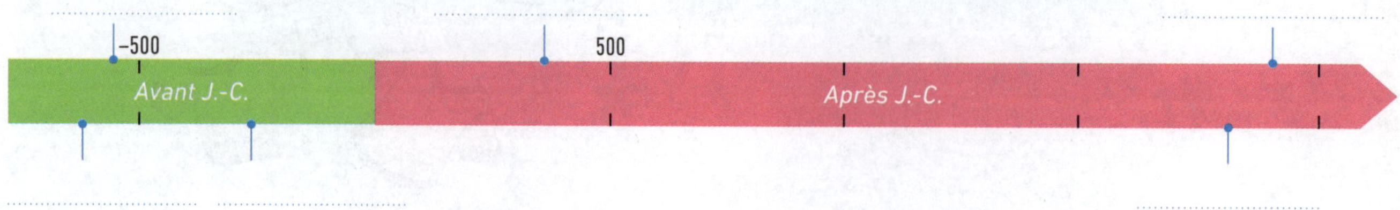

» Corrigés p. II

6 Additionner des nombres relatifs

Le mémo

Comment additionner deux nombres relatifs ?

- Je commence par regarder leurs signes :

Même signe	Signes différents
$-6 + (-4) = -10$	$-13 + 7 = -6$
$4,2 + 3,9 = 8,1$	$-13 + 20 = 7$

- Quand j'ajoute deux nombres opposés, je trouve 0.

EXEMPLE : $-12 + 12 = 0$

Comment additionner une suite de nombres relatifs ?

- Soit je calcule dans l'ordre, soit je regroupe les nombres positifs d'un côté et les nombres négatifs de l'autre.
- Je pense à repérer s'il y a des nombres opposés !

EXEMPLE :
$-6 + (-4) + 5 + 6 = 0 + (-4) + 5 = 1$

> fiche 5

vidéo Lumni
hatier-clic.fr/25mat506

Les exos

1 ★ **Relie chaque calcul à son résultat.**

$-17 + 6$ •	• 23
$-6 + 17$ •	• -11
$-17 + (-6)$ •	• 11
$17 + 6$ •	• -23

2 ★★ **Effectue les calculs suivants.**

$A = -20 + (-8)$ $B = 35 + (-100)$ $C = -10 + 8$ $D = 17 + (-14)$

A = ... B = ... C = ... D = ...

3 ★★ **Effectue les calculs suivants.**

$A = -15 + 45 + (-100) + 15$

A = ...

A = ...

$B = 8,5 + (-3) + (-5,5) + 14$

B = ...

B = ...

4 ★★★ Rafaël monte dans un ascenseur au rez-de-chaussée d'un immeuble, mais l'ascenseur devient incontrôlable. Il monte de 10 étages, puis descend de 4 étages, descend encore de 8 étages et enfin remonte de 2 étages. Rafaël, sonné, sort enfin de l'ascenseur. **À quel étage se trouve-t-il ?**

....

....

>> Corrigés p. II

7 Soustraire des nombres relatifs

Le mémo

Comment soustraire deux nombres relatifs ?

Je transforme cette soustraction en **addition de l'opposé** :
nombre A – nombre B
= nombre A + opposé du nombre B

EXEMPLES :
–10 – (–6) = –10 + 6 = –4
13 – 24 = 13 + (–24) = –11
28 – (–10) = 28 + 10 = 38
–15 – 9 = –15 + (–9) = –24

Comment additionner et soustraire une suite de nombres relatifs ?

- D'abord, je transforme toutes les soustractions en additions de l'opposé.
- Ensuite, je fais comme dans le chapitre 6.

EXEMPLE : A = –7 – (–10) – ~~5~~ + 14 + ~~5~~ – 20
A = –7 + 10 + 14 + (–20)
A = –27 + 24
A = –3

> fiche 5

Les exos

1 ★ **Relie chaque calcul à son résultat.**

–20 – 6 •	• –14
20 – 6 •	• 14
6 – 20 •	• –26
–20 – (–6) •	

Un coup de main ? Deux calculs ont le même résultat.

2 ★★ **Effectue les calculs suivants.**

A = 6 – 17
A = ...
A = ...

B = –25 – 14
B = ...
B = ...

C = 24 – 36 + 11
C = ...
C = ...
C = ...

D = –7 + 5 – (–7) – 8
D = ...
D = ...
D = ...

3 ★★ **Complète le carré.**

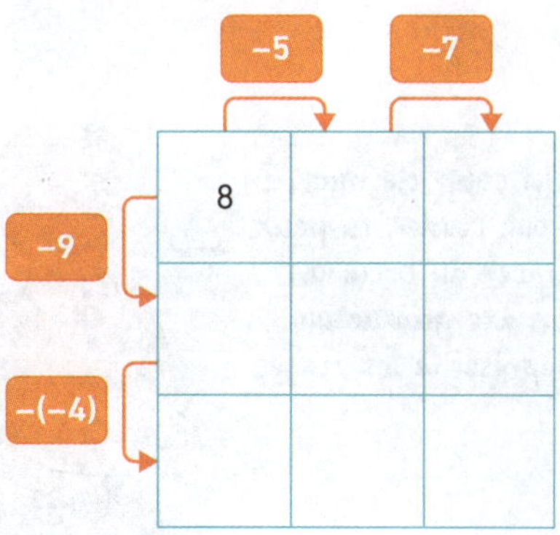

4 ★★★ **Complète cette pyramide additive.**

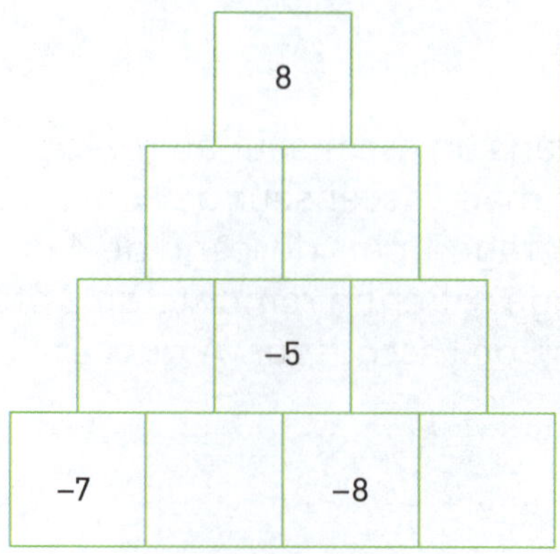

Un coup de main ? Tu peux y arriver en complétant des additions à trous ! Par exemple, –8 + ... = –5.

» Corrigés p. III

8 Résoudre des problèmes avec des nombres relatifs

Le mémo

Que sont l'abscisse et l'ordonnée d'un point dans un repère ?

L'abscisse correspond à un déplacement horizontal et l'ordonnée correspond à un déplacement vertical.

Comment lire les coordonnées d'un point ou placer un point dans un repère ?

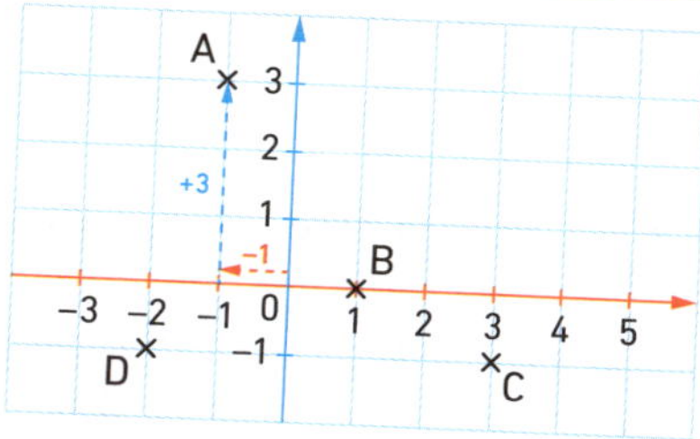

- De l'origine à A, je recule de 1 carreau puis je monte de 3 carreaux, donc A(–1 ; 3). Attention, écris toujours l'abscisse en premier !
- On a aussi B(1 ; 0) ; C(3 ; –1) et D(–2 ; –1).

> fiche 5

vidéo Lumni
hatier-clic.fr/25mat508

Les exos

1 ★ a. Quelles sont les **coordonnées** des points P, A et G dans le repère ci-contre ?

P(.... ; ....) A(.... ; ....) G(.... ; ....)

b. **Place** L(–2,5 ; –1) et E(4 ; 0).

c. **Place** S le symétrique de P par rapport à l'axe des ordonnées.
Quelles sont les **coordonnées** de S ?

S(.... ; ....)

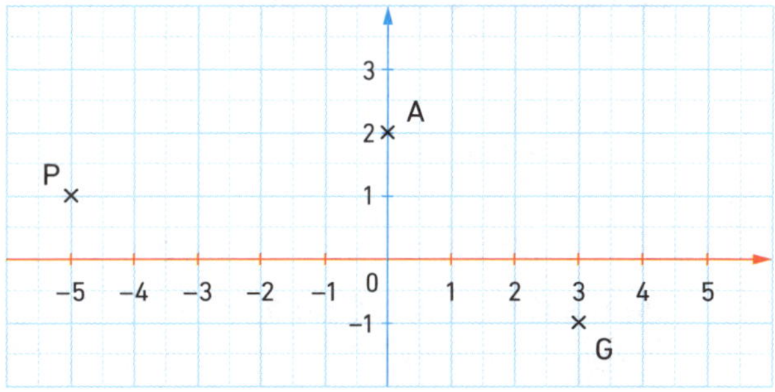

2 ★★ Amélie relève la température extérieure plusieurs fois par jour pendant une journée.
Quand elle se lève, la température est de –2 °C.
À 10 h, la température a augmenté de 5 °C.
À midi, elle a encore augmenté de 3 °C.
À 16 h, elle a diminué de 2 °C.
Quand Amélie se couche à 22 h, la température a chuté de 7 °C.

Quelle température fait-il à 22 h ?

....

3 ★★★ Le graphique ci-contre montre l'évolution du prix d'un téléphone jusqu'à 10 mois après son lancement.
Complète, puis effectue le calcul qui correspond à cette évolution.

–50 + ... = ...

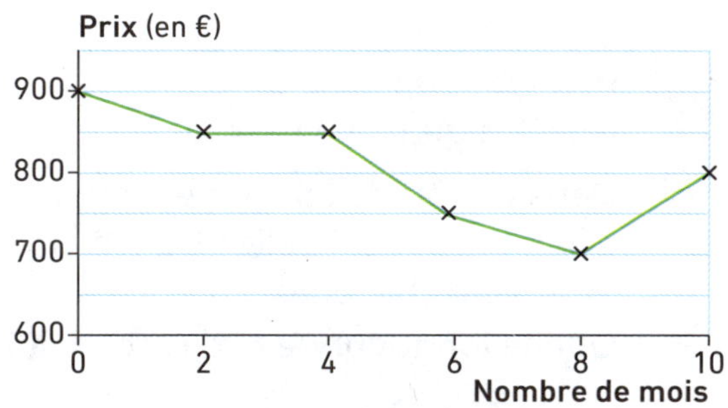

>> Corrigés p. III

BILAN
Nombres et calculs

Le quiz battle
hatier-clic.fr/25mat5b1

Le Quiz

*Vérifie que tu as bien retenu les points clés des **chapitres 1 à 8**.*

1 Utiliser les critères de divisibilité

Quels sont les deux nombres divisibles par 3 ?

☐ 21 003 ☐ 35 653 ☐ 8 523

2 Décomposer un nombre en produit de facteurs premiers

Quelle est la décomposition en produit de facteurs premiers du nombre 132 ?

☐ $2 \times 6 \times 11$
☐ $2 \times 2 \times 3 \times 11$
☐ $2 \times 3 \times 3 \times 11$

3 Respecter les règles de priorité

Quel est le calcul égal à 40 – 15 – 12 + 4 ?

☐ 25 – 12 + 4 ☐ 25 – 16 ☐ 40 – 15 – 16

4 Respecter les règles de priorité (1)

Effectue le calcul suivant, puis coche le résultat correct :

$A = 6 \times (13 - (5 - 2))$

☐ 36 ☐ 75 ☐ 60

5 Respecter les règles de priorité (2)

Effectue le calcul suivant, puis coche le résultat correct :

$B = \frac{14 - 8}{1 + 2} + 2$

☐ 3,3 ☐ 12 ☐ 4

6 Résoudre un problème avec les quatre opérations

Dans un rôti de 25 cm de long, Lilian découpe 4 belles tranches de 1,5 cm chacune.

Quelle longueur de rôti reste-t-il ?

☐ 31 cm ☐ 19 cm ☐ 19,5 cm

7 Comparer des nombres relatifs

Quels sont les deux nombres inférieurs à –3 ?

☐ –2,5 ☐ –5 ☐ –3,5

8 Additionner des nombres relatifs (1)

Calcule –12,5 + 7 :

☐ –19,5 ☐ 5,5 ☐ –5,5

9 Additionner des nombres relatifs (2)

Effectue le calcul suivant, puis coche le résultat correct :

$C = -5 + 21 + (-37) + 5$

☐ –16 ☐ –6 ☐ –26

10 Soustraire des nombres relatifs (1)

Quel est le calcul égal à –25 – (–3) ?

☐ 25 + 3 ☐ –25 + 3 ☐ –25 + (–3)

11 Soustraire des nombres relatifs (2)

Calcule –20 – (–7) :

☐ 13 ☐ –27 ☐ –13

12 Résoudre des problèmes avec des nombres relatifs

Inaya est sur le plongeoir de la piscine : elle plonge verticalement de 5 m puis remonte de 2 m à la surface de l'eau.

Quelle est la hauteur de ce plongeoir ?

☐ 5 m ☐ 7 m ☐ 3 m

» Corrigés p. III

Score : ...... /12

Quel score as-tu obtenu ? Continue à te tester en ligne, avec le quiz battle !

Jeux et énigmes

1 Fubuki des nombres relatifs

Pour que les sommes des trois chiffres situés sur la même ligne ou la même colonne soient correctes, place les nombres : –2 ; 3 ; 5 ; –6 ; –8.

1		9	= 2
	–4		= –5
		7	= 8
= –2	= –14	= 21	

2 La porte Torii

1. On a placé le point A_1(0,5 ; 4). De la même façon, **place les points A_2(1,5 ; 4), A_3(1,5 ; 3) et A_4(0,5 ; 3).**
Relie A_1, A_2, A_3, A_4 et A_1. Colorie en jaune la figure obtenue.

2. a. Place les points :
B_1(5,5 ; 3), B_2(–3,5 ; 3),
B_3(–3,5 ; 2), B_4(–2,5 ; 2),
B_5(–3 ; –5), B_6(–2 ; –5),
B_7(–1,5 ; 2), B_8(3,5 ; 2),
B_9(4 ; –5), B_{10}(5 ; –5),
B_{11}(4,5 ; 2) et B_{12}(5,5 ; 2).

b. Relie B_1, B_2, B_3, B_4, B_5, B_6, B_7, B_8, B_9, B_{10}, B_{11}, B_{12} et B_1.

c. Colorie en rouge la figure obtenue.

3. a. Place les points :
C_1(–4 ; 5), C_2(–3 ; 4),
C_3(–2,5 ; 4), C_4(–2,5 ; 3),
C_5(–1,5 ; 3), C_6(–1,5 ; 4),
C_7(3,5 ; 4), C_8(3,5 ; 3),
C_9(4,5 ;3), C_{10}(4,5 ; 4),
C_{11}(5 ; 4), C_{12}(6 ; 5).

b. Relie C_1, C_2, C_3, C_4, C_5, C_6, C_7, C_8, C_9, C_{10}, C_{11}, C_{12} et C_1.

c. Colorie en rouge la figure obtenue.

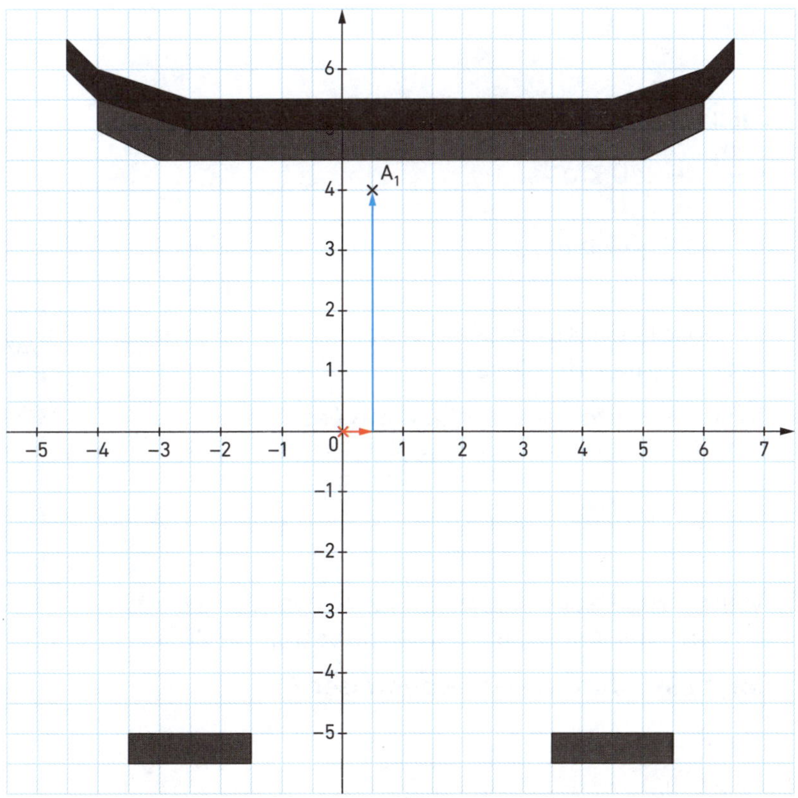

» Corrigés p. III

9 Calculer une fraction d'un nombre

Le mémo

Comment calculer une fraction d'un nombre ?

Je dois **multiplier** la fraction par le nombre.

EXEMPLE : calculer $\frac{3}{5}$ de 250.

- **Méthode 1 :** $\frac{3}{5} \times 250 = (250 \div 5) \times 3 = 50 \times 3 = 150$
- **Méthode 2 :** $\frac{3}{5} \times 250 = (3 \div 5) \times 250 = 0{,}6 \times 250 = 150$
- **Méthode 3 :** $\frac{3}{5} \times 250 = (3 \times 250) \div 5 = 750 \div 5 = 150$

Pourquoi calculer une fraction d'un nombre ?

Pour trouver une **quantité** qui correspond à une partie d'un nombre.

EXEMPLE : Roxane mange les $\frac{3}{5}$ d'une tablette de chocolat de 250 g.
Quelle masse de chocolat a-t-elle mangée ?
$\frac{3}{5} \times 250 = (3 \times 250) \div 5 = 750 \div 5 = 150$
Roxane a mangé 150 g de chocolat.

> fiche 6

Les exos

★ **1** **Calcule $\frac{9}{4}$ de 72 avec les trois méthodes.**
Tu dois trouver le même résultat à la fin de chaque calcul !
- Méthode 1 : ....
- Méthode 2 : ....
- Méthode 3 : ....

★★ **2** **Calcule avec la méthode de ton choix.**
a. $\frac{18}{24}$ de 240 km : ....
b. $\frac{11}{20}$ de 500 L : ....

★★ **3** La console de jeu de Léa affiche qu'elle a gagné $\frac{5}{7}$ des 56 étoiles du niveau 3.
Combien d'étoiles a-t-elle trouvées ?
....
....

> **Un coup de main ?**
> Dans les méthodes 1 et 2, si le résultat de la division n'est pas une valeur exacte, tu devras privilégier la méthode 3 (commencer par la multiplication).

★★★ **4** Adam veut s'acheter une paire de baskets à 85 €.
Pendant les soldes, il y a une réduction de 20 % sur le prix.
Combien Adam va-t-il économiser ?
....
....
....

> **Un coup de main ?**
> $20\ \% = \frac{20}{100}$
> Tu dois donc calculer $\frac{20}{100}$ de 85 €.

>> Corrigés p. III

10 Changer l'écriture d'une fraction

Le mémo

Qu'est-ce qu'une écriture fractionnaire ? une fraction ?

- Une écriture fractionnaire prend la forme : $\frac{\text{numérateur}}{\text{dénominateur}}$

EXEMPLES : $\frac{7}{2{,}3}$; $\frac{4{,}5}{2}$; $\frac{12{,}6}{4{,}8}$.

- Dans une fraction, les deux nombres sont **entiers**.

EXEMPLE : $\frac{3}{5}$

Pourquoi changer d'écriture ?

- Pour **changer le dénominateur** d'une fraction.

EXEMPLE : $\frac{3}{5} = \frac{3 \times 7}{5 \times 7} = \frac{21}{35}$

- Pour **simplifier** : écrire une fraction égale à la précédente, mais avec des nombres entiers plus petits.

Comment simplifier une fraction ?

- **Méthode 1 :** par divisions successives

EXEMPLE : $\frac{80}{120} = \frac{80 \div 10}{120 \div 10} = \frac{8}{12} = \frac{8 \div 4}{12 \div 4} = \frac{2}{3}$

- **Méthode 2 :** par décomposition

EXEMPLE : $\frac{80}{120} = \frac{8 \times \cancel{10}}{12 \times \cancel{10}} = \frac{8}{12} = \frac{\cancel{4} \times 2}{3 \times \cancel{4}} = \frac{2}{3}$

- **Méthode 3 :** avec les décompositions en produits de facteurs premiers

EXEMPLE : $\frac{80}{120} = \frac{\cancel{2} \times \cancel{2} \times \cancel{2} \times 2 \times \cancel{5}}{\cancel{2} \times \cancel{2} \times \cancel{2} \times 3 \times \cancel{5}} = \frac{2}{3}$

> fiche 6

vidéo Lumni
hatier-clic.fr/25mat510

Les exos

1 ★ Écris ces écritures fractionnaires sous la forme de fractions.

EXEMPLE : $\frac{12{,}6}{4{,}85} = \frac{12{,}6 \times 100}{4{,}85 \times 100} = \frac{1\,260}{485}$

a. $\frac{1{,}4}{5} = \frac{1{,}4 \times \ldots}{5 \times \ldots} = \frac{\ldots}{\ldots}$　b. $\frac{0{,}31}{5{,}79} = \frac{\ldots}{\ldots} = \frac{\ldots}{\ldots}$　c. $\frac{4{,}14}{8{,}522} = \frac{\ldots}{\ldots} = \frac{\ldots}{\ldots}$

2 ★★ Écris ces fractions avec le dénominateur proposé.

a. $\frac{4}{7} = \frac{4 \times \ldots}{7 \times \ldots} = \frac{\ldots}{21}$　b. $\frac{64}{40} = \frac{64 \div \ldots}{40 \div \ldots} = \frac{\ldots}{5}$

c. $\frac{6}{26} = \frac{\ldots}{\ldots} = \frac{\ldots}{13}$　d. $\frac{2}{9} = \frac{\ldots}{\ldots} = \frac{\ldots}{36}$

Un coup de main ?
Tu dois connaître tes tables de multiplication !
a. Par quelle multiplication passe-t-on de 7 à 21 ?
b. Par quelle division passe-t-on de 40 à 5 ?

3 ★★ Simplifie ces fractions autant que possible.

a. $\frac{48}{84} = \ldots$　b. $\frac{462}{210} = \ldots$

4 ★★★ Parmi les écritures fractionnaires suivantes, entoure toutes les fractions égales à $\frac{18}{12}$.

$\frac{36}{12}$　$\frac{9}{6}$　$\frac{3}{2}$　$\frac{20}{14}$　$\frac{6}{4}$　$\frac{36}{48}$　$\frac{180}{120}$　$\frac{1{,}8}{1{,}2}$

» Corrigés p. IV

11 Comparer des fractions

Le mémo

Comment comparer deux fractions ?

1 Je mets les fractions au **même dénominateur**.

2 Je range les fractions dans le même ordre que leurs **numérateurs**.

EXEMPLE : comparer $\frac{41}{30}$ et $\frac{4}{3}$.

1 $\frac{4}{3} = \frac{4 \times 10}{3 \times 10} = \frac{40}{30}$

2 $\frac{41}{30} > \frac{40}{30}$ donc $\frac{41}{30} > \frac{4}{3}$.

Comment comparer une fraction avec l'unité ?

a et b sont des nombres relatifs (avec $b \neq 0$).

- Si $a > b$ alors $\frac{a}{b} > 1$.

EXEMPLE : $\frac{4}{3} > 1$

- Si $a < b$ alors $\frac{a}{b} < 1$.

EXEMPLE : $\frac{2}{3} < 1$

- Si $a = b$ alors $\frac{a}{b} = 1$.

EXEMPLE : $\frac{3}{3} = 1$

Comment placer une fraction sur la droite graduée ?

Pour placer le nombre $\frac{a}{b}$, je partage chaque unité en b morceaux **identiques**, et je compte a morceaux.

EXEMPLE : placer $\frac{3}{5}$ et $\frac{7}{5}$ sur la droite graduée.

Je partage chaque unité en 5 morceaux, puis je compte 3 morceaux et 7 morceaux.

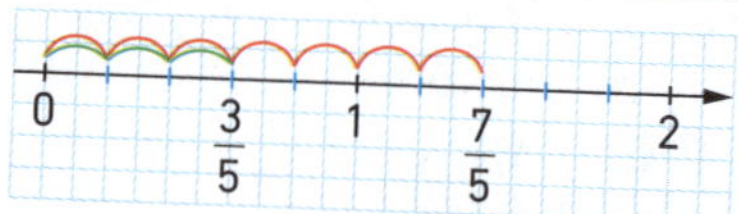

fiche 6

vidéo Lumni
hatier-clic.fr/25mat511

Les exos

★ **1** **Compare.**

a. $\frac{415}{971}$ .... $\frac{314}{971}$

b. $\frac{84}{100}$ .... $\frac{841}{1\,000}$

c. $\frac{7}{12}$ .... $\frac{23}{36}$

d. $\frac{1}{2}$ .... $\frac{28}{56}$

e. $\frac{88\,888}{77\,777}$ 1

f. $\frac{53\,712}{54\,712}$ 1

★★ **2** Yaël a mangé les $\frac{5}{6}$ de sa pizza et Yélina a mangé les $\frac{5}{8}$ de la sienne, qui est de la même taille . **Qui en a mangé le plus ?**

....

Un coup de main ? Demande-toi si les morceaux vont être de la même taille.

★★★ **3** Cinq escargots disputent une course de 2 m de long en ligne droite dans les couloirs A, B, C, D, E ci-contre. Voici les positions de chaque concurrent au bout de 20 minutes :

A : $\frac{3}{2}$ m B : $\frac{4}{3}$ m C : $\frac{3}{4}$ m D : $\frac{7}{6}$ m E : $\frac{17}{12}$ m

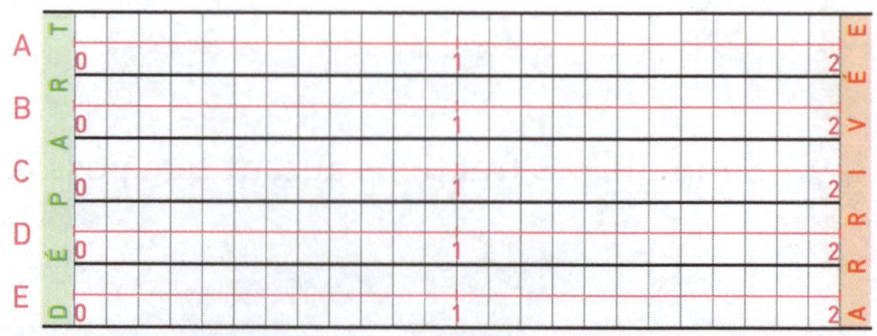

Indique sur le schéma les positions de chaque escargot, puis établis le classement provisoire.

1er : .... 2e : .... 3e : .... 4e : .... 5e : ....

Corrigés p. IV

12 Additionner, soustraire des fractions (1)

Le mémo

Comment additionner (ou soustraire) deux fractions de même dénominateur ?

- Je garde le dénominateur commun.
- J'additionne (ou soustrais) les numérateurs.

EXEMPLES : $\frac{18}{21} - \frac{11}{21} = \frac{18-11}{21} = \frac{7}{21}$

$\frac{27}{50} + \frac{13}{50} = \frac{27+13}{50} = \frac{40}{50}$

$\frac{21}{17} - \frac{35}{17} = \frac{21-35}{17} = \frac{-14}{17}$

Comment calculer une suite d'additions et de soustractions de fractions de même dénominateur ?

- Je garde le dénominateur commun.
- J'additionne (ou soustrais) les numérateurs.

EXEMPLE : $\frac{15}{16} + \frac{3}{16} - \frac{7}{16} = \frac{15+3-7}{16} = \frac{11}{16}$

> fiche 7

vidéo Lumni
hatier-clic.fr/25mat512

Les exos

★ **1** **Relie chaque calcul à son résultat.**

$\frac{5}{17} + \frac{3}{17}$ •	• $\frac{10}{17}$
$\frac{12}{17} - \frac{2}{17}$ •	• $\frac{13}{29}$
$\frac{8}{29} + \frac{15}{29}$ •	• $\frac{8}{17}$
$\frac{20}{29} - \frac{7}{29}$ •	• $\frac{23}{29}$

★ **2** **Calcule.**

a. $\frac{3}{15} + \frac{10}{15} =$ ....

b. $\frac{6}{24} + \frac{11}{24} =$ ....

c. $\frac{7}{19} - \frac{5}{19} =$ ....

d. $\frac{22}{13} - \frac{9}{13} =$ ....

★★ **3** Alix calcule $\frac{18}{20} + \frac{4}{20} - \frac{13}{20}$ et Lila calcule $\frac{12}{20} - \frac{7}{20} + \frac{3}{20}$.
Qui obtient le plus grand résultat ?

....

....

....

★★★ **4** **Calcule les expressions suivantes en respectant les priorités.**

a. $\frac{52}{97} - \left(\frac{38}{97} - \frac{15}{97}\right) =$ ....

b. $\frac{24}{40} - \left(\frac{9}{40} + \frac{18}{40}\right) =$ ....

>> Corrigés p. IV

13 Additionner, soustraire des fractions (2)

Le mémo

Comment additionner (ou soustraire) deux fractions de dénominateurs multiples l'un de l'autre ?

- Je modifie l'écriture d'une des fractions pour qu'elles aient le **même dénominateur** (voir chapitre 10).
- Je garde le dénominateur commun.
- J'additionne (ou soustrais) les numérateurs.

EXEMPLE :
$$\frac{11}{63}+\frac{5}{7}=\frac{11}{63}+\frac{5\times 9}{7\times 9}=\frac{11}{63}+\frac{45}{63}=\frac{56}{63}$$

- Je peux simplifier le résultat :

EXEMPLE : $\frac{56}{63}=\frac{56\div 7}{63\div 7}=\frac{8}{9}$

Comment calculer une suite d'additions et de soustractions de fractions ?

- Les fractions doivent avoir le **même dénominateur**. Pour cela, je peux garder la fraction avec le plus grand dénominateur et changer l'écriture des autres fractions.
- Je garde le dénominateur commun.
- J'additionne (ou soustrais) les numérateurs.

EXEMPLE :
$$\frac{3}{7}+\frac{9}{42}-\frac{5}{21}=\frac{3\times 6}{7\times 6}+\frac{9}{42}-\frac{5\times 2}{21\times 2}=\frac{18}{42}+\frac{9}{42}-\frac{10}{42}=\frac{17}{42}$$

> fiche 7

vidéo Lumni
hatier-clic.fr/25mat513

Les exos

★ **1** **Complète puis calcule.**

a. $\frac{2}{3}+\frac{4}{15}=\frac{2\times\ldots\ldots}{3\times\ldots\ldots}+\frac{4}{15}=$ ……………………

b. $\frac{7}{6}-\frac{47}{60}=\frac{7\times\ldots\ldots}{6\times\ldots\ldots}-\frac{47}{60}=$ ……………………

c. $\frac{71}{100}-\frac{1}{4}+\frac{3}{20}=\frac{71}{100}-\frac{1\times\ldots\ldots}{4\times\ldots\ldots}+\frac{3\times\ldots\ldots}{20\times\ldots\ldots}=$ ……………………

★★ **2** **Calcule les expressions suivantes.**

a. $\frac{11}{15}+\frac{16}{45}=$ ……………………

b. $\frac{3}{14}+\frac{2}{7}+\frac{9}{28}=$ ……………………

★★★ **3** **Calcule puis simplifie tes résultats le plus possible.**

a. $\frac{4}{7}+\frac{23}{56}-\frac{5}{8}=$ ……………………

……………………

b. $\frac{5}{6}-\left(\frac{3}{24}+\frac{1}{3}\right)=$ ……………………

……………………

» Corrigés p. IV

14 Résoudre des problèmes avec des fractions

Les exos

1 Margot distribue sa collection de billes à ses trois petites cousines. Elle en donne $\frac{5}{21}$ à Jeanne, $\frac{3}{7}$ à Estelle et $\frac{1}{3}$ à Chloé. **Laquelle en a reçu le plus ?**

....

....

2 Antoine possède $\frac{1}{3}$ des 36 tomes de sa série de manga préférée. Ses parents lui offrent $\frac{4}{9}$ de la série à son anniversaire.

Combien de tomes de la série Antoine a-t-il maintenant ?

....

....

3 Un élève réalise la frise chronologique ci-contre. Il trace un rectangle, puis le partage pour que l'Antiquité représente $\frac{4}{11}$ du rectangle et que le Moyen Âge en représente $\frac{5}{11}$.

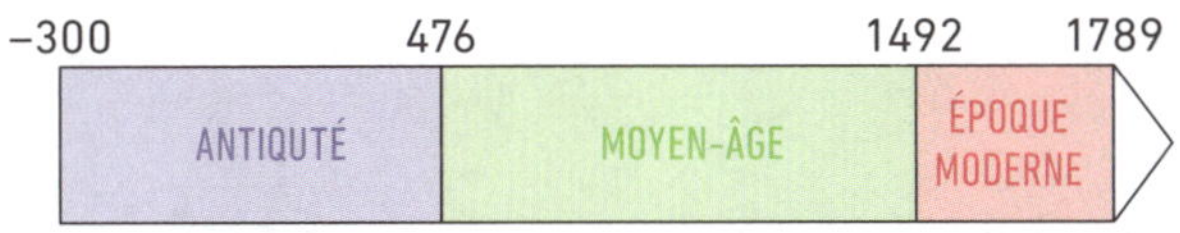

Par quelle fraction du rectangle l'Époque moderne est-elle représentée ?

Un coup de main ?
Le rectangle en entier vaut $\frac{11}{11}$ c'est-à-dire 1. C'est cette unité qui est partagée pour réaliser la frise.

....

....

4 Trois amis font équipe pour une course de relais. Alexis en fera $\frac{3}{15}$, Méline $\frac{2}{5}$ et Mathys $\frac{1}{3}$.

Avec ce partage, auront-ils réalisé la totalité de la course ?

....

....

5 Mathilde remplit entièrement son blender pour faire un smoothie. Elle met $\frac{3}{10}$ de bananes, $\frac{2}{5}$ de fraises et verse du jus d'ananas pour finir. **À quelle fraction correspond la part du jus d'ananas ?**

....

....

....

» Corrigés p. IV

15 Simplifier une expression littérale

Le mémo

Comment simplifier un produit ?

- Je peux éviter d'écrire le signe $\times$:
  - devant une lettre ;
  - devant une parenthèse.

EXEMPLES : $3 \times a = 3a$

$15 \times (x - 9) = 15(x - 9)$

- Cas particuliers : $1 \times a = a$ et $0 \times a = 0$.
- Je peux changer l'ordre des facteurs.

EXEMPLE : $a \times 2 = 2 \times a = 2a$.

- Je peux utiliser la notation « carré » : $x \times x = x^2$.

Comment simplifier des produits ?

- Je peux changer l'ordre des facteurs pour :
  - regrouper les nombres ;
  - regrouper les lettres.

EXEMPLE :

$5x \times 7x = 5 \times x \times 7 \times x$

$= 5 \times 7 \times x \times x$

$= 35x^2$

- Je peux utiliser la notation « cube » : $x \times x \times x = x^3$.

Comment simplifier une expression avec une somme ?

- Je peux regrouper les termes ayant la même partie littérale :

EXEMPLE :

$6a + 8a = 14a$

Cela revient à factoriser :

$6 \times a + 8 \times a = a \times (6 + 8)$

$= a \times 14$

- Attention, on ne peut pas toujours simplifier l'expression !

EXEMPLE :

$5 \times x + 6 = 5x + 6$

Je ne peux pas simplifier davantage.

> fiche 8

Les exos

1 ★ **Écris les signes × sous-entendus.**

a. $7x + 3y =$ ....

b. $9(a - 5) =$ ....

c. $8(4 + 6x) =$ ....

d. $2ab(11 - 8a) =$ ....

2 ★★ **Simplifie les produits suivants.**

a. $15 \times (x + 3) =$ ....

b. $6 \times (13 \times a - 5) =$ ....

c. $4 \times (7 - 8 \times b) =$ ....

d. $2 \times x \times (10 \times x + 7 \times y) =$ ....

3 ★★★ **Simplifie les expressions suivantes.**

a. $7x \times 8y =$ ....

b. $11a + 9a =$ ....

c. $6x \times 2x =$ ....

d. $4x + 17x - 3x =$ ....

4 ★★★ **Corrige les trois erreurs suivantes.**

Simplifier les expressions :

a) $2y + 5 \times 3x = 2y + 53x$ (barré)

b) $x \times x + 7 = 2x + 7$ (barré)

c) $3 \times x + 5 \times y = 15xy$ (barré)

a. ....

b. ....

c. ....

Un coup de main ?

b. $x + x = 2x$ et $x \times x =$ .....

c. Tu peux simplifier les deux produits. Tu ne peux pas simplifier la somme.

>> Corrigés p. V

16 Calculer une expression littérale

Le mémo

Quelles sont les priorités opératoires ?

Dans une **suite de calculs**, j'effectue :

1. les parenthèses (dans un quotient, les calculs du numérateur et du dénominateur sont prioritaires, comme s'ils étaient entre parenthèses) ;
2. les carrés et les cubes ;
3. les multiplications et les divisions dans l'ordre de lecture ;
4. les additions et les soustractions dans l'ordre de lecture.

Comment calculer une expression littérale ?

Je remplace **chaque lettre par sa valeur** et fais apparaître les signes × sous-entendus, puis j'effectue les calculs.

EXEMPLE : $A = x^2 - 5(4y + xy)$ **pour** $x = 3$ **et** $y = 2$

$A = 3^2 - 5(4 \times 2 + 3 \times 2)$ — priorités 1 et 3

$A = 3^2 - 5(8 + 6)$ — priorité 1

$A = 3^2 - 5 \times 14$ — priorité 2

$A = 9 - 5 \times 14$ — priorité 3

$A = 9 - 70$ — priorité 4

$A = -61$

> fiche 8

vidéo Lumni
hatier-clic.fr/25mat516

Les exos

1 ★ **Calcule les expressions suivantes pour $x = 3$ et $y = 5$.**

$A = (8y + 6) \div 4 =$ .... = ...

$B = x^2 + 2xy =$ .... = ...

$C = \dfrac{11y - 10}{29 + 7x} =$ .... = ...

Un coup de main ?
c. Calcule le numérateur, puis le dénominateur et finis par la division.

2 ★★ **Calcule les aires des figures suivantes.**
Pour le disque, donne la valeur approchée au dixième.

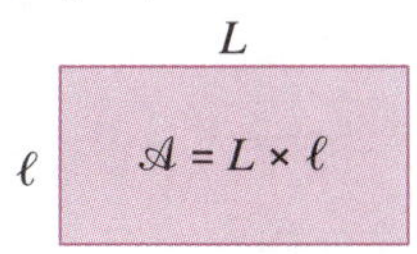

$L = 4{,}5$ m $\ell = 3$ m

$\mathcal{A}_{\text{rectangle}} =$ ....

$\mathcal{A}_{\text{rectangle}} =$ ....

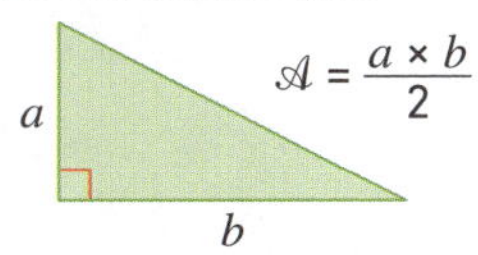

$a = 6$ dm $b = 9$ dm

$\mathcal{A}_{\text{triangle}} =$ ....

$\mathcal{A}_{\text{triangle}} =$ ....

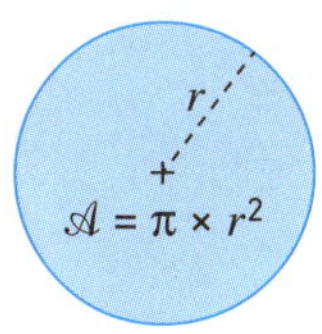

$r = 7$ cm

$\mathcal{A}_{\text{disque}} =$ ....

$\mathcal{A}_{\text{disque}} \approx$ ....

3 ★★★ Un théâtre affiche les tarifs ci-contre. Le prix à payer P pour une famille venue en voiture se calcule avec la formule : $P = 8 + 35a + 17b$ où a est le nombre d'adultes et b est le nombre d'enfants.
Combien une famille de 2 adultes et 3 enfants venue en voiture va-t-elle payer ?

Roméo et Juliette
- Adulte : 35 €
- Enfant : 17 €
- Parking : 8 €

....

....

>> Corrigés p. V

17 Tester une égalité de deux expressions

Le mémo

Quel est le vocabulaire lié à une égalité ?

- Voici une **égalité** :

  $3x + 8 = 5x$ (membre de gauche : $3x + 8$; membre de droite : $5x$)

- x est une lettre qui représente le **même nombre** dans toute l'égalité.
- On peut avoir plusieurs lettres différentes dans une égalité.

Comment tester une égalité ?

En remplaçant chaque lettre par la valeur proposée :

① je calcule **le membre de gauche** ;
② je calcule **le membre de droite** ;
③ je regarde si on obtient le **même résultat**, ou non.

EXEMPLE : Tester l'égalité $3x + 8 = 5x$.

- Pour $x = 0$:
  ① $3x + 8 = 3 \times 0 + 8 = \mathbf{8}$
  ② $5x = 5 \times 0 = \mathbf{0}$
  ③ $8 \neq 0$ donc pour $x = 0$ l'égalité **n'est pas vérifiée.**
- Pour $x = 4$:
  ① $3x + 8 = 3 \times 4 + 8 = \mathbf{20}$
  ② $5x = 5 \times 4 = \mathbf{20}$
  ③ $20 = 20$ donc pour $x = 4$ l'égalité **est vérifiée.**

> fiche 8

Les exos

1 ★

a. Teste l'égalité $24 - 3x = 8x - 4$ pour $x = 2{,}5$.

① 24 – 3 × .... = ...

② 8 × .... – 4 = ...

③ ....

....

b. Teste l'égalité $48 - 3y = 3(2y - 5)$ pour $y = 7$.

① 48 – 3 × .... = ...

② 3 × (2 × .... – 5) = ...

③ ....

....

2 ★★ **Teste l'égalité $9y + 13x^2 = 2(12y + 7x)$ pour $x = 3$ et $y = 5$.**

① ....

② ....

③ ....

3 ★★★ **Qui a raison : Madi ou Victoria ?**

- Madi : « Les deux figures ont le même périmètre si $x = 2$. »
- Victoria : « Les deux figures ont le même périmètre si $x = 2{,}5$. »

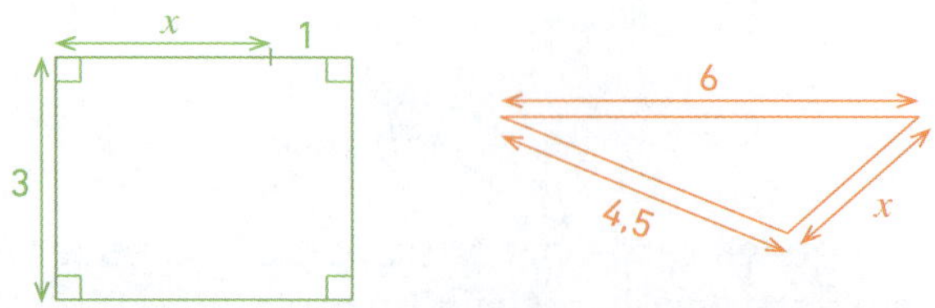

....

....

....

....

Un coup de main ? Calcule la somme des côtés du triangle puis la somme des côtés du rectangle pour écrire une égalité.

>> Corrigés p. V

18 Utiliser la distributivité

Le mémo

Comment développer une expression ?

J'utilise une des **deux formules** :

$$k \times (a+b) = k \times a + k \times b$$

$$k \times (a-b) = k \times a - k \times b$$

EXEMPLES :

$9 \times (7+11) = 9 \times 7 + 9 \times 11$
$= 63 + 99 = 162$

$5 \times (20 - x) = 5 \times 20 - 5 \times x$
$= 100 - 5x$

Comment factoriser une expression ?

Je cherche un **facteur commun**, puis j'utilise une des deux formules :

$$k \times a + k \times b = k \times (a+b)$$

$$k \times a - k \times b = k \times (a-b)$$

EXEMPLES : $37 \times x + 37 \times 2 = 37 \times (x+2)$

$28 \times 0{,}7 - 28 \times 0{,}2 = 28 \times (0{,}7 - 0{,}2) = 28 \times 0{,}5 = 14$

> fiche 9

vidéo Lumni
hatier-clic.fr/25mat518

Les exos

1 ★ **Développe les expressions suivantes.**

a. $6(7+10) =$ .... × .... + ... × ....
$=$ ....

b. $7(20-1) =$ .... × .... − .... × ....
$=$ ....

c. $7(x-5) =$ .... × .... − .... × ....
$=$ ....

d. $4(8+3x) =$ .... × .... + ... × ....
$=$ ....

2 ★★ **Réécris les expressions en faisant apparaître le facteur commun en rouge, puis factorise-les.**

a. $17x + 17y =$ .... × .... + ... × ....
$=$ .... × (........ + ...)

b. $18 + 3x =$ .... × .... + ... × ....
$=$ .... × (........ + ...)

3 ★★★ **Calcule astucieusement en utilisant le développement ou la factorisation.**

a. $85 \times 1\,001 =$ ....
....

b. $34 \times 98 =$ ....
....

c. $86 \times 13 - 86 \times 3 =$ ....
....

d. $54 \times 73 + 54 \times 27 =$ ....
....

Un coup de main ?
a. $1\,001 = (1\,000 + 1)$
b. $98 = (100 - 2)$

» Corrigés p. V

BILAN
Nombres et calculs

Le quiz battle
hatier-clic.fr/25mat5b2

Le Quiz

*Vérifie que tu as bien retenu les points clés des **chapitres 9 à 18**.*

1 Calculer une fraction d'un nombre

Calcule $\frac{2}{3}$ de 120 km :

☐ 40 km ☐ 80 km ☐ 180 km

2 Changer l'écriture d'une fraction

Les fractions égales à $\frac{27}{18}$ sont :

☐ $\frac{9}{6}$ ☐ $\frac{3}{2}$ ☐ $\frac{270}{180}$

3 Comparer des fractions

Coche l'inégalité qui est vraie :

☐ $\frac{1}{2} < \frac{1}{3}$ ☐ $\frac{2}{5} < \frac{7}{10}$ ☐ $\frac{13}{4} < \frac{25}{8}$

4 Additionner, soustraire des fractions (1)

Effectue le calcul, puis coche le résultat correct :

$A = 1 + \frac{3}{4}$

☐ $A = \frac{4}{4}$ ☐ $A = \frac{7}{4}$ ☐ $A = \frac{4}{5}$

5 Additionner, soustraire des fractions (2)

Effectue le calcul, puis coche le résultat correct :

$B = \frac{25}{36} - \left(\frac{2}{6} - \frac{1}{18}\right)$

☐ $B = \frac{24}{24}$ ☐ $B = \frac{11}{36}$ ☐ $B = \frac{15}{36}$

6 Résoudre un problème avec des fractions

Jules a mangé $\frac{2}{5}$ d'une tablette de chocolat et Arthur en a mangé $\frac{3}{10}$.

Quelle fraction de la tablette reste-t-il pour Romane ?

☐ $\frac{3}{10}$ ☐ $\frac{10}{15}$ ☐ $\frac{7}{10}$

7 Simplifier une expression littérale

Quelle est l'expression identique à $2\pi R$?

☐ $2 \times \pi \times R$ ☐ $2 + \pi + R$ ☐ πR^2

8 Calculer une expression littérale (1)

Calcule l'expression $C = 3x - 2y$ pour $x = 5$ et $y = 4$:

☐ C = 11 ☐ C = 7 ☐ C = 2

9 Calculer une expression littérale (2)

L'indice de masse corporelle (IMC) d'une personne se calcule par la formule $IMC = \frac{P}{T^2}$ où P est la masse de la personne en kg et T est sa taille en m.

Calcule l'IMC d'une personne pesant 60 kg et mesurant 1,60 m, puis coche la réponse correcte (arrondie à l'unité) :

☐ 23 ☐ 19 ☐ 154

10 Tester une égalité de deux expressions

Pour quelles valeurs de x et de y l'égalité $x^2 + 3 = y - 2$ est-elle vraie ?

☐ $x = 2$ et $y = 7$ ☐ $x = 2$ et $y = 9$
☐ $x = 5$ et $y = 15$

11 Utiliser la distributivité

Développe l'expression $D = 5(x - 4)$:

☐ $D = 5x - 4$ ☐ $D = 5x - 54$ ☐ $D = 5x - 20$

» Corrigés p. VI

Score : ....../11

Jeux et énigmes

1 La réserve naturelle

Une fondation projette de créer une réserve naturelle pour les kangourous et les koalas sur deux parcelles voisines. **Calcule de tête la superficie totale de cette réserve en m².**

....

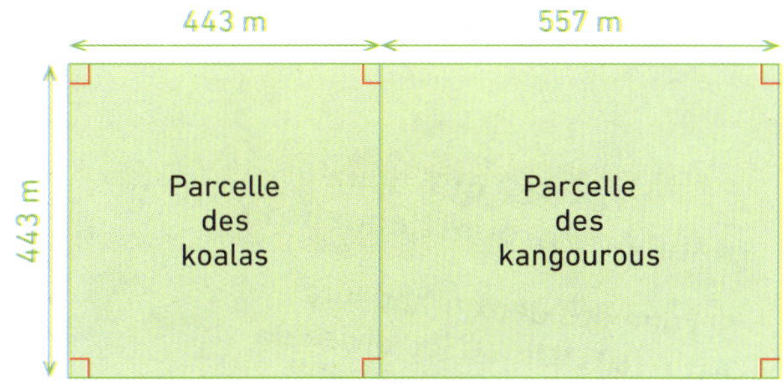

2 Surfer à Sydney

Complète avec les dominos pour recréer la vague « Ours » de Sydney.
Deux cases qui se touchent doivent contenir deux nombres égaux.

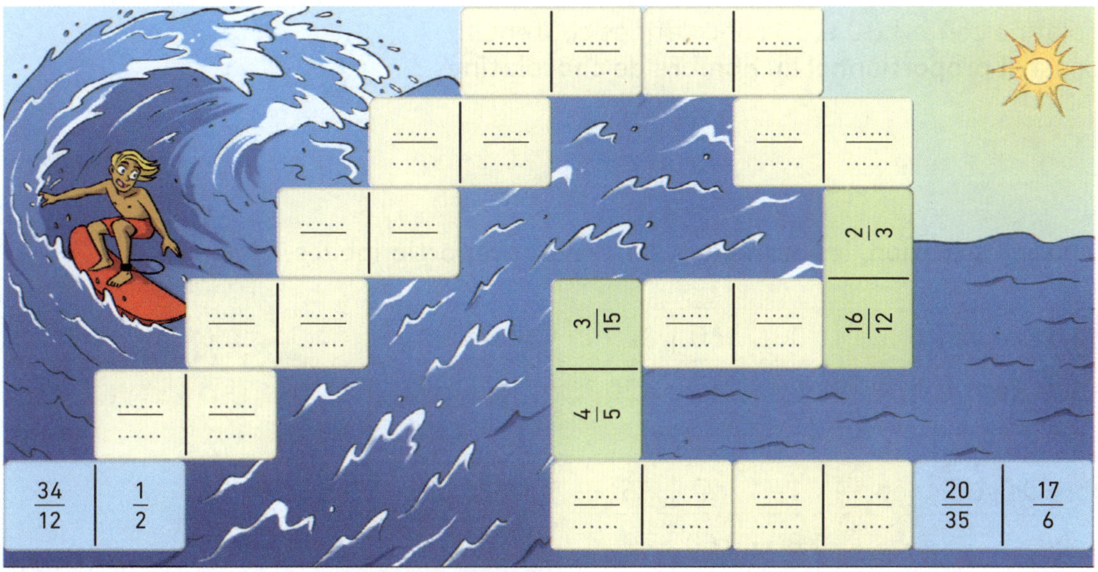

$\frac{75}{100}$ | $\frac{5}{7}$	$\frac{1}{5}$ | $\frac{4}{3}$	$\frac{17}{100}$ | $\frac{18}{6}$	$\frac{35}{49}$ | $\frac{1,7}{10}$	$\frac{6}{5}$ | $\frac{32}{12}$
$\frac{56}{72}$ | $\frac{4}{7}$	$\frac{3}{1}$ | $\frac{120}{100}$	$\frac{8}{3}$ | $\frac{14}{21}$	$\frac{136}{272}$ | $\frac{3}{4}$	$\frac{120}{150}$ | $\frac{7}{9}$

» Corrigés p. VI

19 Reconnaître une situation de proportionnalité

Le mémo

Qu'est-ce que deux grandeurs proportionnelles ?

Si l'une des deux grandeurs est **multipliée** (ou divisée) par un nombre, l'autre doit l'être aussi.

EXEMPLE :

2,4 kg d'oranges → 1 L de jus

(× 10) (× 10)

24 kg d'oranges → 10 L de jus

Comment reconnaître la proportionnalité dans un tableau ?

Je divise chaque nombre du bas par le nombre du haut correspondant.
Si tous les quotients sont **égaux**, c'est un tableau de proportionnalité.

EXEMPLE :

Grandeur 1	5	8	11
Grandeur 2	14	22,4	33

$14 \div 5 = 2{,}8$ et $22{,}4 \div 8 = 2{,}8$ mais $33 \div 11 = 3$ donc ce n'est pas un tableau de proportionnalité.

> fiche 10

vidéo Lumni
hatier-clic.fr/25mat519

Les exos

1 ★ 1 chocolatine coûte 1,80 €, 10 chocolatines coûtent 15 €.
Le prix est-il proportionnel au nombre de chocolatines ?

....

....

2 ★★ **Dans chaque situation, les grandeurs sont-elles proportionnelles ?**

a.

Masse de sucre (g)	100	150	120
Masse de cerises (g)	600	900	720

Calculs : ....

☐ oui ☐ non

b.

Nombre de surligneurs	1	2	6
Prix (euros)	1,80	3,60	9

Calculs : ....

☐ oui ☐ non

3 ★★★ Sofiane et Clara achètent des melons. 2 melons coûtent 5 € et 7 melons coûtent 14 €.
Sofiane pense que le prix à payer est proportionnel au nombre de melons, mais Clara n'est pas d'accord. **Qu'en penses-tu ?**

....

....

» Corrigés p. VI

Maths 5^e

Corrigés des exercices et des bilans

Ce livret est détachable.

Chapitre 1 Utiliser les critères de divisibilité • p. 4

1 531 **748** **12** 555 **790** 37 **0** **346**

2 **375** 830 532 **125** 637 470

3

Le nombre :	21	81	175	354	2 853	36 639
est divisible par 3.	V	V	F	V	V	V
est un multiple de 9.	F	V	F	F	V	V

4 a. Divisible par 2 et 5, donc le nombre se termine par 0. Divisible par 9, donc la somme des chiffres est divisible par 9. C'est 90.
b. Multiples de 90 : 0 (0×90) ; 90 (1×90) ; 180 (2×90) ; 270 (3×90) ; 900 (10×90) ; …
c. $90 = 1 \times 90 = 2 \times 45 = 3 \times 30 = 5 \times 18$
$= 6 \times 15 = 9 \times 10$
Les diviseurs de 90 sont : 1 ; 2 ; 3 ; 5 ; 6 ; 9 ; 10 ; 15 ; 18 ; 30 ; 45 et 90.

Chapitre 2 Décomposer un nombre entier en produit de facteurs premiers • p. 5

1 *Il suffit de trouver un troisième diviseur du nombre.*

a. 6 admet 1 ; 6 ; 2 ; 3 comme diviseurs $(6 = 2 \times 3)$.
b. 15 admet 1 ; 15 ; 3 ; 5 comme diviseurs $(15 = 3 \times 5)$.
c. 100 admet 1 ; 100 ; 2 ; 50 ; 4 ; 25 ; 5 ; 10 comme diviseurs $(100 = 2 \times 50$; $100 = 4 \times 25$; $100 = 5 \times 20)$.
d. 543 admet 1 ; 543 ; 3 ; 181 comme diviseurs $(543 = 3 \times 181)$.

2 Les nombres premiers sont : 2 ; 7 ; 23.

3 a. $75 = 3 \times 25 = 3 \times 5 \times 5$
La décomposition est $75 = 3 \times 5 \times 5$.
b. $126 = 2 \times 63 = 2 \times 3 \times 21 = 2 \times 3 \times 3 \times 7$
La décomposition est $126 = 2 \times 3 \times 3 \times 7$.
c. $210 = 2 \times 105 = 2 \times 3 \times 35 = 2 \times 3 \times 5 \times 7$
La décomposition est $210 = 2 \times 3 \times 5 \times 7$.
Autre méthode : $210 = 10 \times 21 = 2 \times 5 \times 3 \times 7$.

4 $66 = 2 \times 3 \times 11$. Plusieurs solutions sont possibles.
Il peut faire :
- **2 bouquets** avec 33 tulipes dans chaque bouquet ;
- **3 bouquets** avec 22 tulipes dans chaque bouquet ;
- **11 bouquets** avec 6 tulipes dans chaque bouquet ;
- **6 bouquets** avec 11 tulipes dans chaque bouquet ;
- **22 bouquets** avec 3 tulipes dans chaque bouquet ;
- **33 bouquets** avec 2 tulipes dans chaque bouquet.

Chapitre 3 Respecter les règles de priorité • p. 6

1 $A = 5 \times 4$ $B = 9 - 4$ $C = 12 \div 2$ $D = \frac{50}{10}$
$A = 20$ $B = 5$ $C = 6$ $D = 5$

2 *À chaque ligne de calcul, demande-toi quelle est l'opération prioritaire.*

$A = 21 - 20 \div 5$ $B = 17 - 2 \times 4$ $C = 40 \div 5 \times 3$ $D = \frac{30}{7 - 4}$
$A = 21 - 4$ $B = 17 - 8$ $C = 8 \times 3$ $D = \frac{30}{3}$
$A = 17$ $B = 9$ $C = 24$ $D = 10$

3 a. $(4 + 6) \times 3 = 30$ b. $40 \div (9 - 7) = 20$
c. $40 \div (20 \div 4) = 8$ d. $(3 + 9) \times 8 \div 2 = 48$

Chapitre 4 Résoudre des problèmes avec les quatre opérations • p. 7

1 1 → c.   2 → a.   3 → b.

2 *Rappelle-toi que pour calculer le périmètre d'un triangle, il faut ajouter les longueurs des trois côtés.*

a. $3\,250 - 3 \times 800 = 3\,250 - 2\,400 = 850$
Le camion déchargé pèse 850 kg.
b. $4 \times 4{,}20 + 5 \times 1{,}10 = 16{,}80 + 5{,}50 = 22{,}30$
Anaïs a dépensé 22,30 €.
c. $2{,}6 + 2 \times 1{,}5 = 2{,}6 + 3 = 5{,}6$
Le périmètre du triangle est de 5,6 cm.

3 Montant de ses achats : $50 - 9 = 41$ €
Prix des 3 tee-shirts : $41 - 26 = 15$ €
Prix d'un tee-shirt : $15 \div 3 = 5$ €. Un tee-shirt coûte 5 €.

Chapitre 5 Comparer des nombres relatifs • p. 8

1 $2{,}8 < 2{,}86$ $-7{,}5 < 7{,}5$ $-123 > -321$
$-40{,}2 < -38{,}9$ $5{,}6 > -8{,}32$ $2{,}1 = 2{,}10$

2 $-15 < -10{,}5 < -5{,}4 < 0 < 3{,}2 < 5{,}4$

3 $3{,}3 < 4 < 4{,}3$ $-8{,}1 < -8 < -7{,}6$
$-0{,}9 < 0 < 0{,}6$ $-5{,}2 > -6 > -6{,}3$

4 De gauche à droite : Thalès ; Pythagore ; Ératosthène ; Hypatie d'Alexandrie ; Ada Lovelace ; Alan Turing.

Chapitre 6 Additionner des nombres relatifs • p. 9

1 $-17 + 6 = -11$; $-6 + 17 = 11$;
$-17 + (-6) = -23$; $17 + 6 = 23$.

2 $A = -28$ $B = -65$ $C = -2$ $D = 3$

3 *Repère les opposés !*

$A = -15 + 45 + (-100) + 15$ $B = 8{,}5 + (-8{,}5) + 14$
$A = 0 + 45 + (-100)$ $B = 0 + 14$
$A = -55$ $B = 14$

4 $10 - 4 - 8 + 2 = 6 - 8 + 2 = -2 + 2 = 0$
L'ascenseur est revenu au rez-de chaussée.

Chapitre 7 Soustraire des nombres relatifs • p. 10

1 $-20 - 6 = -26$; $20 - 6 = 14$;
$6 - 20 = -14$; $-20 - (-6) = -20 + 6 = -14$

2 $A = 6 + (-17)$
$A = -11$

$B = -25 + (-14)$
$B = -39$

$C = 24 + (-36) + 11$
$C = -12 + 11$
$C = -1$

$D = -7 + 5 + 7 + (-8)$
$D = 0 + 5 + (-8)$
$D = -3$

3

	−5	−7	
−9	8	3	−4
−(−4)	−1	−6	−13
	3	−2	−9

4

8
−9 | 17
−4 | −5 | 22
−7 | 3 | −8 | 30

Chapitre 8 Résoudre des problèmes avec des nombres relatifs • p. 11

1 a. • P(−5 ; 1) • A(0 ; 2) • G(3 ; −1)
b.

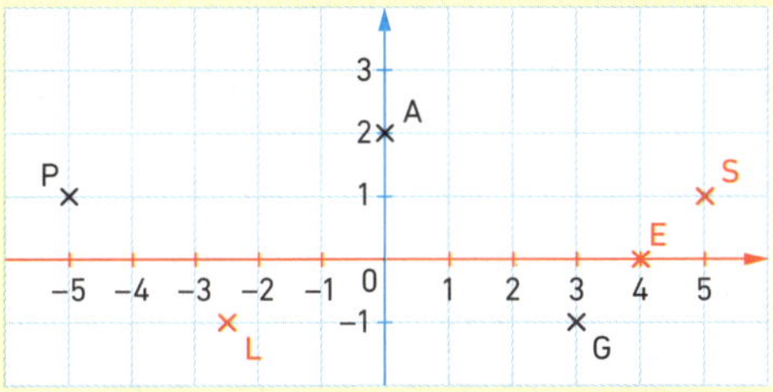

c. S(5 ; 1)

2 $-2 + 5 + 3 - 2 - 7 = 3 + 3 - 2 - 7 = 6 - 2 - 7 = 4 - 7 = -3$
À 22 h, la température est de −3 °C.

3 $-50 + 0 - 100 - 50 + 100 = -100$
Le prix a baissé de 100 € au bout de 10 mois.

BILAN Nombres et calculs • p. 12-13

Quiz

1 21 003 et 8 523
2 $2 \times 2 \times 3 \times 11$
3 $25 - 12 + 4$
4 60
5 4
6 19 cm
7 −5 et −3,5
8 −5,5
9 −16
10 $-25 + 3$
11 −13
12 3 m

Jeux et énigmes

1

1	−8	9	= 2
−6	−4	5	= −5
3	−2	7	= 8
= −2	= −14	= 21	

2 La porte Torii, porte d'entrée des temples shinto, au Japon, marque la transition entre le quotidien et le sacré.

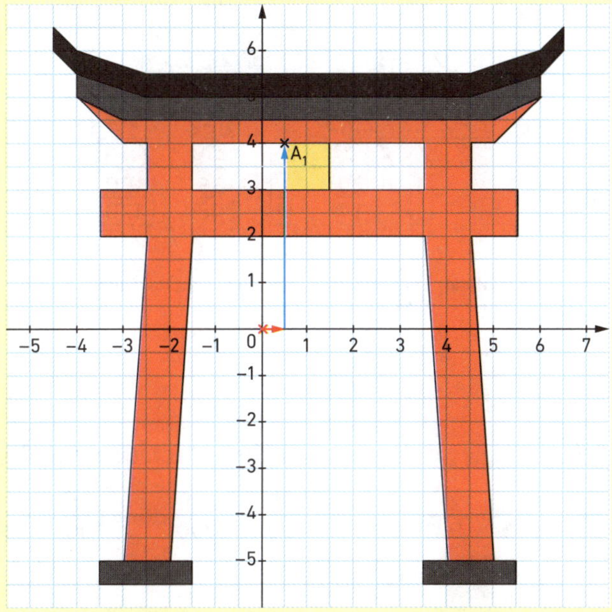

Chapitre 9 Calculer une fraction d'un nombre • p. 14

1 • Méthode 1 : $\frac{9}{4} \times 72 = (72 \div 4) \times 9 = 18 \times 9 = 162$
• Méthode 2 : $\frac{9}{4} \times 72 = (9 \div 4) \times 72 = 2{,}25 \times 72 = 162$
• Méthode 3 : $\frac{9}{4} \times 72 = (9 \times 72) \div 4 = 648 \div 4 = 162$

2 a. $\frac{18}{24} \times 240 = (240 \div 24) \times 18 = 10 \times 18 = 180$ km
b. $\frac{11}{20} \times 500 = (11 \div 20) \times 500 = 0{,}55 \times 500 = 275$ L

Tu peux utiliser la méthode de ton choix.

3 $\frac{5}{7} \times 56 = (56 \div 7) \times 5 = 8 \times 5 = 40$
ou bien $\frac{5}{7} \times 56 = (5 \times 56) \div 7 = 280 \div 7 = 40$.
Léa a trouvé 40 étoiles.

Ici la méthode 2 est un mauvais choix car le calcul 5 ÷ 7 ne donne pas une valeur exacte.

4 $\frac{20}{100} \times 85 = (20 \div 100) \times 85 = 0{,}2 \times 85 = 17$
Adam va économiser 17 €.

Chapitre 10 Changer l'écriture d'une fraction • p. 15

1 a. $\frac{1,4}{5}=\frac{1,4\times10}{5\times10}=\frac{14}{50}$

Multiplier par 10 a permis de retrouver des nombres entiers.

b. $\frac{0,31}{5,79}=\frac{0,31\times100}{5,79\times100}=\frac{31}{579}$

c. $\frac{4,14}{8,522}=\frac{4,14\times1\,000}{8,522\times1\,000}=\frac{4\,140}{8\,522}$

2 a. $\frac{4}{7}=\frac{4\times3}{7\times3}=\frac{12}{21}$ b. $\frac{64}{40}=\frac{64\div8}{40\div8}=\frac{8}{5}$

c. $\frac{6}{26}=\frac{6\div2}{26\div2}=\frac{3}{13}$ d. $\frac{2}{9}=\frac{2\times4}{9\times4}=\frac{8}{36}$

3 a. $\frac{48}{84}=\frac{\cancel{2}\times\cancel{2}\times2\times2\times\cancel{3}}{\cancel{2}\times\cancel{2}\times\cancel{3}\times7}=\frac{4}{7}$ b. $\frac{462}{210}=\frac{\cancel{2}\times\cancel{3}\times\cancel{7}\times11}{\cancel{2}\times\cancel{3}\times5\times\cancel{7}}=\frac{11}{5}$

4 $\frac{36}{12}$ $\boxed{\frac{9}{6}}$ $\boxed{\frac{3}{2}}$ $\frac{20}{14}$ $\boxed{\frac{6}{4}}$ $\frac{36}{48}$ $\boxed{\frac{180}{120}}$ $\frac{1,8}{1,2}$

Attention ! $\frac{1,8}{1,2}$ est une écriture fractionnaire égale à $\frac{18}{12}$, mais ce n'est pas une fraction.

Chapitre 11 Comparer des fractions • p. 16

1 a. $\frac{415}{971}>\frac{314}{971}$ b. $\frac{84}{100}=\frac{840}{1\,000}$ donc $\frac{84}{100}<\frac{841}{1\,000}$

c. $\frac{7}{12}=\frac{21}{36}$ donc $\frac{7}{12}<\frac{23}{36}$

d. $\frac{1}{2}=\frac{28}{56}$

e. $88\,888>77\,777$ donc $\frac{88\,888}{77\,777}>1$

f. $53\,712<54\,712$ donc $\frac{53\,712}{54\,712}<1$

2 Si je partage la pizza en 6 parts, chaque part sera plus grande que si je coupe la pizza en 8 parts.

$\frac{5}{6}>\frac{5}{8}$ Yaël a mangé plus de pizza que Yélina.

3 Classement provisoire : A-E-B-D-C.

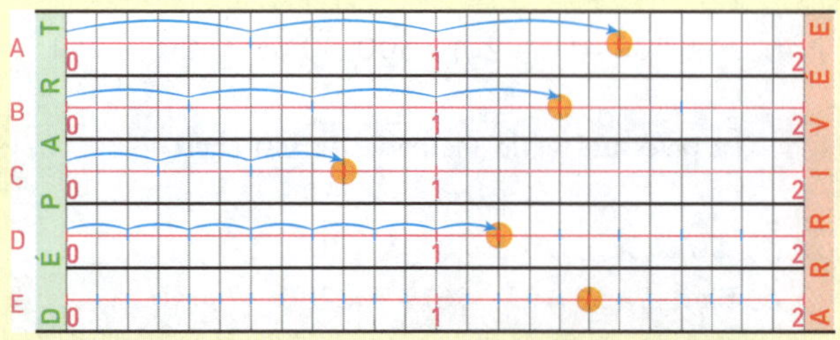

Chapitre 12 Additionner, soustraire des fractions (1) • p. 17

1 $\frac{5}{17}+\frac{3}{17}=\frac{8}{17}$ $\frac{12}{17}-\frac{2}{17}=\frac{10}{17}$

$\frac{8}{29}+\frac{15}{29}=\frac{23}{29}$ $\frac{20}{29}-\frac{7}{29}=\frac{13}{29}$

2 a. $\frac{3}{15}+\frac{10}{15}=\frac{3+10}{15}=\frac{13}{15}$

b. $\frac{6}{24}+\frac{11}{24}=\frac{6+11}{24}=\frac{17}{24}$

c. $\frac{7}{19}-\frac{5}{19}=\frac{7-5}{19}=\frac{2}{19}$

d. $\frac{22}{13}-\frac{9}{13}=\frac{22-9}{13}=\frac{13}{13}=1$

3 $\frac{18}{20}+\frac{4}{20}-\frac{13}{20}=\frac{18+4-13}{20}=\frac{9}{20}$

et $\frac{12}{20}-\frac{7}{20}+\frac{3}{20}=\frac{12-7+3}{20}=\frac{8}{20}$

$\frac{9}{20}>\frac{8}{20}$. C'est Alix qui obtient le plus grand résultat.

4 a. $\frac{52}{97}-\left(\frac{38}{97}-\frac{15}{97}\right)=\frac{52}{97}-\left(\frac{38-15}{97}\right)=\frac{52}{97}-\frac{23}{97}$

$=\frac{52-23}{97}=\frac{29}{97}$

b. $\frac{24}{40}-\left(\frac{9}{40}+\frac{18}{40}\right)=\frac{24}{40}-\left(\frac{9+18}{40}\right)=\frac{24}{40}-\frac{27}{40}=\frac{24-27}{40}$

$=\frac{-3}{40}$

Chapitre 13 Additionner, soustraire des fractions (2) • p. 18

1 a. $\frac{2}{3}+\frac{4}{15}=\frac{2\times5}{3\times5}+\frac{4}{15}=\frac{10}{15}+\frac{4}{15}=\frac{10+4}{15}=\frac{14}{15}$

b. $\frac{7}{6}-\frac{47}{60}=\frac{7\times10}{6\times10}-\frac{47}{60}=\frac{70}{60}-\frac{47}{60}=\frac{70-47}{60}=\frac{23}{60}$

c. $\frac{71}{100}-\frac{1}{4}+\frac{3}{20}=\frac{71}{100}-\frac{1\times25}{4\times25}+\frac{3\times5}{20\times5}$

$=\frac{71}{100}-\frac{25}{100}+\frac{15}{100}=\frac{71-25+15}{100}=\frac{61}{100}$

2 a. $\frac{11}{15}+\frac{16}{45}=\frac{11\times3}{15\times3}+\frac{16}{45}=\frac{33}{45}+\frac{16}{45}=\frac{33+16}{45}=\frac{49}{45}$

b. $\frac{3}{14}+\frac{2}{7}+\frac{9}{28}=\frac{3\times2}{14\times2}+\frac{2\times4}{7\times4}+\frac{9}{28}=\frac{6}{28}+\frac{8}{28}+\frac{9}{28}$

$=\frac{6+8+9}{28}=\frac{23}{28}$

3 a. $\frac{4}{7}+\frac{23}{56}-\frac{5}{8}=\frac{4\times8}{7\times8}+\frac{23}{56}-\frac{5\times7}{8\times7}=\frac{32}{56}+\frac{23}{56}-\frac{35}{56}$

$=\frac{32+23-35}{56}=\frac{20}{56}=\frac{20\div4}{56\div4}=\frac{5}{14}$

b. $\frac{5}{6}-\left(\frac{3}{24}+\frac{1}{3}\right)=\frac{5\times4}{6\times4}-\left(\frac{3}{24}+\frac{1\times8}{3\times8}\right)=\frac{20}{24}-\left(\frac{3}{24}+\frac{8}{24}\right)$

$=\frac{20}{24}-\frac{11}{24}=\frac{20-11}{24}=\frac{9}{24}=\frac{9\div3}{24\div3}=\frac{3}{8}$

Chapitre 14 Résoudre des problèmes avec des fractions • p. 19

1 Il faut d'abord écrire toutes les fractions avec le dénominateur 21, pour pouvoir les comparer.

$\frac{3}{7}=\frac{3\times3}{7\times3}=\frac{9}{21}$ et $\frac{1}{3}=\frac{1\times7}{3\times7}=\frac{7}{21}$

$\frac{5}{21}<\frac{7}{21}<\frac{9}{21}$ donc $\frac{5}{21}<\frac{1}{3}<\frac{3}{7}$

C'est Estelle qui a reçu le plus de billes.

2 $\frac{1}{3} \times 36 = (1 \times 36) \div 3 = 36 \div 3 = 12$

Antoine possède 12 tomes.

$\frac{4}{9} \times 36 = (4 \times 36) \div 9 = 144 \div 9 = 16$

Ses parents lui offrent 16 tomes.

$12 + 16 = 28$

Antoine a maintenant 28 tomes.

Tu peux aussi commencer par additionner les deux fractions : $\frac{1}{3} + \frac{4}{9} = \frac{1 \times 3}{3 \times 3} + \frac{4}{9} = \frac{3}{9} + \frac{4}{9} = \frac{7}{9}$

Puis calculer les $\frac{7}{9}$ des 36 tomes :

$\frac{7}{9} \times 36 = (7 \times 36) \div 9 = 252 \div 9 = 28$

3 $\frac{11}{11} - \left(\frac{4}{11} + \frac{5}{11}\right) = \frac{11}{11} - \frac{9}{11} = \frac{11-9}{11} = \frac{2}{11}$

L'Époque moderne représente $\frac{2}{11}$ du rectangle.

4 $\frac{3}{15} + \frac{2}{5} + \frac{1}{3} = \frac{3}{15} + \frac{2 \times 3}{5 \times 3} + \frac{1 \times 5}{3 \times 5} = \frac{3}{15} + \frac{6}{15} + \frac{5}{15} = \frac{14}{15}$

et $\frac{14}{15} < \frac{15}{15}$, donc ils n'auront pas réalisé la totalité de la course.

(Il reste $\frac{1}{15}$ de la course à parcourir.)

5 $\frac{3}{10} + \frac{2}{5} = \frac{3}{10} + \frac{2 \times 2}{5 \times 2} = \frac{3}{10} + \frac{4}{10} = \frac{7}{10}$ et $\frac{10}{10} - \frac{7}{10} = \frac{3}{10}$.

Le jus d'ananas correspond à $\frac{3}{10}$ du blender.

Chapitre 15 Simplifier une expression littérale • p. 20

1
a. $7x + 3y = 7 \times x + 3 \times y$
b. $9(a - 5) = 9 \times (a - 5)$
c. $8(4 + 6x) = 8 \times (4 + 6 \times x)$
d. $2ab(11 - 8a) = 2 \times a \times b \times (11 - 8 \times a)$

2
a. $15 \times (x + 3) = 15(x + 3)$
b. $6 \times (13 \times a - 5) = 6(13a - 5)$
c. $4 \times (7 - 8 \times b) = 4(7 - 8b)$
d. $2 \times x \times (10 \times x + 7 \times y) = 2x(10x + 7y)$

3
a. $7x \times 8y = 7 \times x \times 8 \times y = 7 \times 8 \times x \times y = 56xy$
b. $11a + 9a = (11 + 9)a = 20a$
c. $6x \times 2x = 6 \times x \times 2 \times x = 6 \times 2 \times x \times x = 12x^2$
d. $4x + 17x - 3x = (4 + 17 - 3)x = 18x$

4
a. $2y + 5 \times 3 \times x = 2y + 15x$
b. $x \times x + 7 = x^2 + 7$
c. $3 \times x + 5 \times y = 3x + 5y$

Chapitre 16 Calculer une expression littérale • p. 21

1 $A = (8y + 6) \div 4 = (8 \times 5 + 6) \div 4$
$= (40 + 6) \div 4 = 46 \div 4 = 11{,}5$

$B = x^2 + 2xy = 3^2 + 2 \times 3 \times 5 = 9 + 2 \times 3 \times 5$
$= 9 + 30 = 39$

$C = \frac{11y - 10}{29 + 7x} = \frac{11 \times 5 - 10}{29 + 7 \times 3} = \frac{55 - 10}{29 + 21} = \frac{45}{50}$
$= 45 \div 50 = 0{,}9$

2
a. $\mathcal{A}_{\text{rectangle}} = L \times \ell = 4{,}5 \times 3 = 13{,}5 \text{ m}^2$
b. $\mathcal{A}_{\text{triangle}} = \frac{a \times b}{2} = \frac{6 \times 9}{2} = \frac{54}{2} = 27 \text{ dm}^2$
c. $\mathcal{A}_{\text{disque}} = \pi \times r^2 = \pi \times 7^2 = 49\pi \approx 153{,}9 \text{ cm}^2$

49π est la valeur exacte ; 153,9 est la valeur approchée au dixième.

3 $P = 8 + 35 \times 2 + 17 \times 3 = 8 + 70 + 51 = 129$

La famille va payer 129 €.

Chapitre 17 Tester une égalité de deux expressions • p. 22

1
a. ① $24 - 3 \times 2{,}5 = 24 - 7{,}5 = 16{,}5$
② $8 \times 2{,}5 - 4 = 20 - 4 = 16$
③ $16{,}5 \neq 16$ donc pour $x = 2{,}5$ l'égalité n'est pas vérifiée.
b. ① $48 - 3 \times 7 = 48 - 21 = 27$
② $3 \times (2 \times 7 - 5) = 3 \times (14 - 5) = 3 \times 9 = 27$
③ $27 = 27$ donc pour $y = 7$ l'égalité est vérifiée.

2 ① $9 \times 5 + 13 \times 3^2$
$= 9 \times 5 + 13 \times 9$
$= 45 + 117$
$= 162$
② $2 \times (12 \times 5 + 7 \times 3)$
$= 2 \times (60 + 21)$
$= 2 \times 81$
$= 162$
③ Je remarque que : $162 = 162$, donc pour $x = 3$ et $y = 5$ l'égalité est vérifiée.

3 Le périmètre du rectangle est :
$3 + x + 1 + 3 + x + 1 = 8 + 2x$.
Le périmètre du triangle est : $6 + 4{,}5 + x = 10{,}5 + x$.
On teste l'égalité $8 + 2x = 10{,}5 + x$.
• Pour $x = 2$:
① $8 + 2 \times 2 = 8 + 4 = 12$
② $10{,}5 + 2 = 12{,}5$
③ $12 \neq 12{,}5$, donc Madi a tort.
• Pour $x = 2{,}5$:
① $8 + 2 \times 2{,}5 = 8 + 5 = 13$
② $10{,}5 + 2{,}5 = 13$
③ $13 = 13$ donc Victoria a raison.

Chapitre 18 Utiliser la distributivité • p. 23

1
a. $6(7 + 10) = 6 \times 7 + 6 \times 10 = 42 + 60 = 102$
b. $7(20 - 1) = 7 \times 20 - 7 \times 1 = 140 - 7 = 133$
c. $7(x - 5) = 7 \times x - 7 \times 5 = 7x - 35$
d. $4(8 + 3x) = 4 \times 8 + 4 \times 3x = 32 + 12x$

2
a. $17x + 17y = 17 \times x + 17 \times y = 17 \times (x + y)$
b. $18 + 3x = 3 \times 6 + 3 \times x = 3 \times (6 + x)$

3
a. $85 \times 1\,001 = 85 \times (1\,000 + 1)$
$= 85 \times 1\,000 + 85 \times 1 = 85\,000 + 85 = 85\,085$
b. $34 \times 98 = 34 \times (100 - 2) = 34 \times 100 - 34 \times 2$
$= 3\,400 - 68 = 3\,332$
c. $86 \times 13 - 86 \times 3 = 86 \times (13 - 3) = 86 \times 10$
$= 860$
d. $54 \times 73 + 54 \times 27 = 54 \times (73 + 27) = 54 \times 100$
$= 5\,400$

BILAN Nombres et calculs • p. 24-25

Quiz

1 80 km

2 $\frac{9}{6}$; $\frac{3}{2}$ et $\frac{270}{180}$

3 $\frac{2}{5} < \frac{7}{10}$

4 $A = \frac{7}{4}$

5 $B = \frac{15}{36}$

6 $\frac{3}{10}$

7 $2 \times \pi \times R$

8 $C = 7$

9 $\frac{60}{1{,}6^2} \approx 23$

10 Pour $x = 2$ et $y = 9$ ($2^2 + 3 = 7$ et $9 - 2 = 7$)

11 $D = 5x - 20$

Jeux et énigmes

1 Ici, il est plus facile de factoriser pour calculer de tête :
$443 \times (443 + 557) = 443 \times 1\,000 = 443\,000$.
La future réserve fera 443 000 m².

2

Chapitre 19 Reconnaître une situation de proportionnalité • p. 26

1 $1{,}80 \times 10 = 18$ et non 15
Le prix n'est pas proportionnel au nombre de chocolatines.

2 *Si le quotient du nombre du bas par le nombre du haut est **toujours** le même, alors c'est une situation de proportionnalité.*

a. $600 \div 100 = 6$; $900 \div 150 = 6$; $720 \div 120 = 6$.
C'est une situation de proportionnalité.
b. $1{,}80 \div 1 = 1{,}80$; $3{,}60 \div 2 = 1{,}80$
mais $9 \div 6 = 1{,}50$ et non 1,80.
Ce n'est pas une situation de proportionnalité.

3 $5 \div 2 = 2{,}50$; $14 \div 7 = 2$
Clara a raison car le nombre de melons et le prix ne sont pas proportionnels.

Chapitre 20 Résoudre des problèmes de proportionnalité • p. 27

1 a. Si je parcours 5 km en 65 min
alors je parcours 1 km en **13** min. ($\div 5$)
b. Si je gagne 50 € en 3 h
alors je gagne **100 €** en 6 h. ($\times 2$)

2 Prix d'une rose : $21 \div 7 = 3$. Une rose coûte 3 €.
Prix du bouquet : $3 \times 10 = 30$
Mathis va payer 30 €.

3 *Tu peux trouver la quantité nécessaire pour 3 pots, puis pour 9 pots.*

	Nombre de pots	Sucre	Farine	Vanille	Jaunes d'œufs	Lait
	6 pots	80 g	50 g	2 cuill.	2	1 L
$\div 2$	3 pots	40 g	25 g	1 cuill.	1	0,5 L
$\times 3$	9 pots	120 g	75 g	3 cuill.	3	1,5 L

4 Temps pour lire un manga : $50 \div 2 = 25$
Temps pour lire 23 mangas : $23 \times 25 = 575$
Il lui faut 575 min.
575 min = (9×60) min + 35 min = 9 h 35 min
Il lui faudra 9 h 35 min pour lire sa série de mangas.

Chapitre 21 Utiliser une échelle • p. 28

1 a. $\frac{1}{5}$ b. 200 c. 5 d. $\frac{1}{200}$

2 *Convertis 100 000 cm en km. Tu peux t'aider du tableau de conversions à la fin du cahier.*

1 cm sur le plan correspond à 100 000 cm dans la réalité. 100 000 cm = 1 km
Donc 3 cm sur le plan correspondent à 3 km dans la réalité. Il y a donc 3 km entre l'Arc de Triomphe et l'Obélisque de la Concorde.

3 échelle = $\frac{\text{distance sur le plan}}{\text{distance réelle}} = \frac{2{,}4}{0{,}6} = 4$
L'échelle de cet agrandissement est de 4 (c'est-à-dire que la fourmi est 4 fois plus grande sur la photo que dans la réalité).

Chapitre 22 Calculer un pourcentage • p. 29

1 a. $\frac{1}{4} = 25\ \%$ b. $\frac{10}{20} = 50\ \%$ c. $\frac{8}{80} = 10\ \%$
d. $\frac{80}{100} = 80\ \%$ e. $\frac{40}{200} = 20\ \%$ f. $\frac{30}{40} = 75\ \%$

2 a. 36 € sur 45 € c'est : $\frac{36}{45} = 0{,}8 = \frac{80}{100} = 80\ \%$.
b. 144 filles sur 320 personnes c'est :
$\frac{144}{320} = 0{,}45 = \frac{45}{100} = 45\ \%$.
c. 30 kg sur 50 kg c'est : $\frac{30}{50} = \frac{60}{100} = 60\ \%$.
d. 40 cL sur 125 cL c'est : $\frac{40}{125} = 0{,}32 = \frac{32}{100} = 32\ \%$.

Maths 5e

Carnet de révision

Dans ce carnet, tout le programme de Maths 5e

1 Multiples et diviseurs

» Chapitre 1

Les définitions

multiple : Un multiple d'un nombre est le **résultat d'une multiplication** par ce nombre.

diviseur : Un diviseur d'un nombre **divise exactement** ce nombre : en effectuant la division euclidienne, le reste est égal à 0.

L'essentiel

› On a : $91 = 13 \times 7 + 0$ donc $91 = 13 \times 7$.

On dit alors que :

- 91 est **divisible** par 7 (91 est aussi divisible par 13).
- 91 est un **multiple** de 7 (91 est aussi un multiple de 13).
- 7 et 13 sont des **diviseurs** de 91.

9 1	7
− 7	1 3
2 1	
− 2 1	
0	

› Les **critères de divisibilité** par 2 ; 3 ; 5 ; 9 ; 10 permettent de savoir si un nombre est divisible par 2 ; 3 ; 5 ; 9 ; 10 **sans faire** la division euclidienne.

Les méthodes

› Trouver les multiples de 16 inférieurs à 40

Je cherche parmi les **résultats d'une multiplication** par 16 :

$0 \times 16 = 0$ $1 \times 16 = 16$ $2 \times 16 = 32$ $3 \times 16 = 48$ (mais $48 > 40$)

Il y a une infinité de multiples de 16 ; ceux recherchés sont : 0 ; 16 et 32.

› Trouver tous les diviseurs de 16

Je cherche toutes les façons d'écrire 16 sous la forme d'un **produit de deux nombres entiers** :

$16 = 1 \times 16 = 2 \times 8 = 4 \times 4$

Les diviseurs de 16 sont : 1 ; 2 ; 4 ; 8 et 16.

2 Les nombres premiers

» Chapitre 2

La définition

nombre premier : Un nombre premier est un nombre entier qui admet exactement **deux diviseurs : 1 et lui-même**.

L'essentiel

- Voici les dix nombres premiers qui sont inférieurs à 30 :

  2 3 5 7 11 13 17 19 23 29

- Le nombre **0** n'est **pas premier** car il admet une infinité de diviseurs.
  Le nombre **1** n'est **pas premier** car il admet un seul diviseur (c'est 1).
- 2 est le seul nombre premier **pair**.

La méthode

Décomposer un nombre entier en produit de facteurs premiers

① **Je cherche un diviseur** parmi les nombres premiers, en les testant dans l'ordre croissant : 2 ; 3 ; 5 ; ...

② J'écris l'entier comme le **produit** du diviseur trouvé et d'un 2e facteur.

③ • Si le 2e facteur n'est pas premier, **je recommence** à l'étape ①.

• Si le 2e facteur est premier, **je m'arrête** (tous les facteurs sont des nombres premiers).

EXEMPLE : Décomposer 84.

① 84 est divisible par 2. → ② $84 = 2 \times 42$ → ③ 42 n'est pas premier.

① 42 est divisible par 2. → ② $84 = 2 \times 2 \times 21$ → ③ 21 n'est pas premier.

① 21 est divisible par 3. → ② $84 = 2 \times 2 \times 3 \times 7$ → ③ 7 est premier.

La décomposition de 84 est $84 = 2 \times 2 \times 3 \times 7$.

3 Les règles de priorité

» Chapitre 3

L'essentiel

› À chaque ligne d'une suite de calculs, on doit **respecter l'ordre** dans lequel on fait les opérations.

- D'abord, on effectue les calculs entre parenthèses (s'il y en a).
- Puis, on effectue les multiplications et les divisions dans l'ordre de lecture (on dit qu'elles sont **prioritaires** sur l'addition et la soustraction).
- Enfin, on effectue les additions et les soustractions dans l'ordre de lecture.

La méthode

› Effectuer une suite de calculs

EXEMPLES :

$A = 5 \times (8 - (9 - 6))$ ← Je me place dans les parenthèses intérieures.

$A = 5 \times (8 - 3)$ ← Je me place dans les parenthèses.

$A = 5 \times 5$ ← Plus de parenthèses : j'effectue la multiplication.

$A = 25$

$B = 3 \times 8 - 6 \times 3 + 5$ ← J'effectue la première multiplication.

$B = 24 - 6 \times 3 + 5$ ← J'effectue la seconde multiplication.

$B = 24 - 18 + 5$ ← J'effectue les calculs dans l'ordre.

$B = 6 + 5$

$B = 11$

⚠ À chaque ligne de calcul, tu dois recopier tout le reste du calcul et laisser les opérations **dans le même ordre**.
EXEMPLE : $10 - 3 \times 2 \neq 6 - 10$ mais $10 - 3 \times 2 = 10 - 6$.

4 Les nombres relatifs

» Chapitre 5

La définition

nombres relatifs

L'ensemble des nombres relatifs est formé de tous les **nombres positifs** et de tous les **nombres négatifs**.

EXEMPLE :

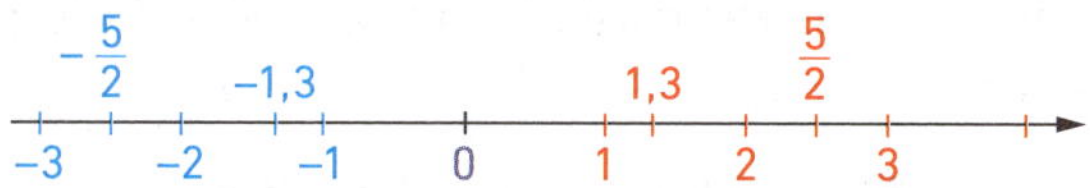

L'essentiel

› Les nombres relatifs sont construits « **en miroir** » par rapport au zéro.

- Un **nombre positif** peut s'écrire avec un signe + ou sans signe.
- Un **nombre négatif** doit toujours s'écrire avec le signe −.
- Le **nombre 0** est à la fois **positif** et **négatif**.
- 1,3 et (−1,3) sont dits **opposés** : ils ont la même distance à zéro (1,3), mais n'ont pas le même signe.

› Les nombres négatifs permettent d'effectuer **des soustractions qui étaient impossibles** uniquement avec les nombres positifs.

EXEMPLE : $10 - 17 = -7$

La méthode

› Comparer deux nombres relatifs

C'est déterminer **lequel est le plus grand** ou si les nombres sont **égaux**.

EXEMPLES : $6{,}5 > -23$ $-20 < -1$ $-2{,}3 = -2{,}30$

⚠ Si tu doutes, imagine des températures : « plus chaud » correspond à « plus grand ».

5 Addition et soustraction de nombres relatifs

» Chapitres 6 à 8

L'essentiel

- Pour **ajouter** deux nombres relatifs, on regarde leurs signes.
  - Si les nombres ont le **même signe**, on conserve le signe commun et on ajoute les distances à zéro.
  - Si les **signes** sont **différents**, on conserve le signe du nombre qui a la plus grande distance à zéro (« le plus fort ! ») et on soustrait les distances à zéro.
- Pour **soustraire** deux nombres relatifs, on se ramène à une addition en transformant cette soustraction en **addition de l'opposé**.

Les méthodes

Ajouter deux nombres relatifs

EXEMPLES :

A = −12 + (−15) ← Ce sont deux nombres négatifs.

A = −27 ← Je garde le signe − et j'ajoute 12 et 15.

B = −20 + 8 ← Les signes sont différents.

B = −12 ← Comme 20 > 8, le résultat est négatif et je soustrais 8 à 20.

Soustraire deux nombres relatifs

EXEMPLES :

C = 12 − (−6)

C = 12 + (+6) ← J'ajoute l'opposé de −6 qui est +6.

C = 18

D = −7,5 − (−3,5)

D = −7,5 + (+3,5) ← J'ajoute l'opposé de −3,5 qui est +3,5.

D = −4

6 Les fractions

» Chapitres 9 à 11

La définition

fraction

Une fraction est une écriture utilisée pour représenter une quantité lors d'un **partage équitable** de l'unité.

EXEMPLE : $\frac{3}{4}$ du rectangle

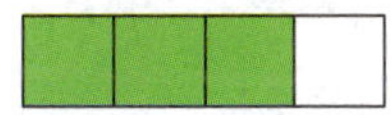

ci-contre, ce sont 3 parts du rectangle lorsqu'il est partagé équitablement en 4.

L'essentiel

› $\frac{a}{b}$ est une **écriture fractionnaire** ($b \neq 0$) : $\frac{a}{b}$ ← numérateur (a), dénominateur (b)

$\frac{a}{b}$ est le nombre manquant dans la **multiplication à trou** : $b \times \ldots = a$.

EXEMPLE : $4 \times \frac{3}{4} = 3$

$\frac{a}{b}$ est le **quotient** de a par b

$\frac{a}{b} = a \div b$

EXEMPLE : $\frac{3}{4} = 3 \div 4 = 0{,}75$

› Un nombre s'écrit d'une infinité de façons. La fraction $\frac{a}{b}$ où a et b sont des entiers les plus petits possibles est la fraction irréductible.

EXEMPLE : $0{,}5 = \frac{1}{2} = \frac{2}{4} = \frac{3}{6} = \frac{10}{20} = \ldots$

La méthode

› Passer d'une écriture fractionnaire à une autre

Le quotient $\frac{a}{b}$ ne change pas lorsque je **multiplie** (ou que je **divise**) son numérateur et son dénominateur par un **même nombre** non nul.

EXEMPLE : $\frac{1{,}5}{3} = \frac{1{,}5 \times 10}{3 \times 10} = \frac{15}{30} = \frac{15 \div 15}{30 \div 15} = \frac{1}{2}$

7 Addition et soustraction de fractions

» Chapitres 12 et 13

L'essentiel

› Pour additionner (ou soustraire) deux fractions, il faut que les deux fractions aient le **même dénominateur**.

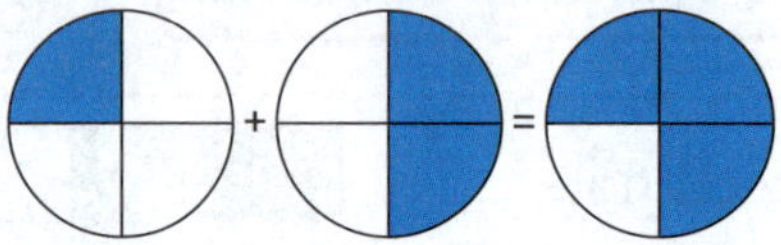

$\frac{1}{4} + \frac{2}{4} = \frac{3}{4}$

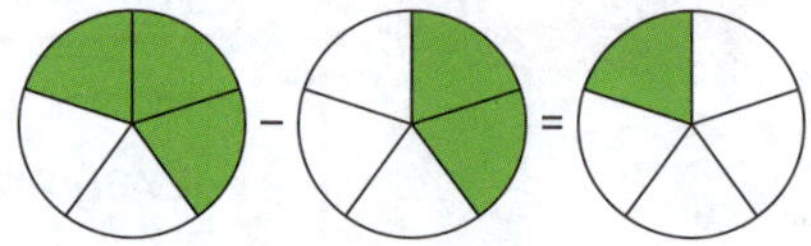

$\frac{3}{5} - \frac{2}{5} = \frac{1}{5}$

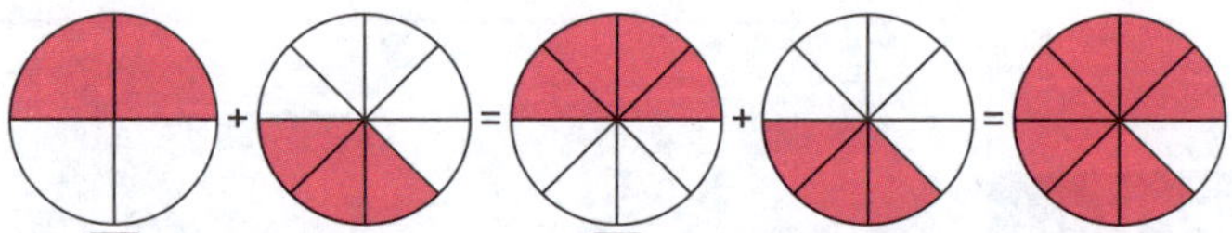

$\boxed{\frac{2}{4}} + \frac{3}{8} = \boxed{\frac{4}{8}} + \frac{3}{8} = \frac{7}{8}$

On partage les parts en 2 pour avoir 8 parts.

La méthode

› Additionner (ou soustraire) deux fractions

- **Méthode 1.** Si les fractions ont le **même dénominateur**, je garde le dénominateur commun, puis j'additionne (ou je soustrais) les numérateurs.

EXEMPLES : $\frac{5}{17} + \frac{9}{17} = \frac{5+9}{17} = \frac{14}{17}$

$\frac{13}{25} - \frac{6}{25} = \frac{13-6}{25} = \frac{7}{25}$

- **Méthode 2.** Si les fractions n'ont **pas le même dénominateur**, je modifie l'écriture d'une des fractions pour qu'elles aient le même dénominateur, puis j'applique la méthode 1.

EXEMPLE : $\frac{2}{5} + \frac{16}{35} = \frac{2 \times 7}{5 \times 7} + \frac{16}{35} = \frac{14}{35} + \frac{16}{35} = \frac{14+16}{35} = \frac{30}{35}$

8 Le calcul littéral

» Chapitres 15 à 17

La définition

expression littérale

C'est un calcul qui contient une ou plusieurs **lettres**. Ces lettres désignent des **nombres inconnus**.

EXEMPLE : la formule $2 \times L + 2 \times \ell$ est une expression littérale utilisée pour calculer le périmètre du rectangle.

L'essentiel

- Le calcul littéral est utilisé dans les **formules** en mathématiques (périmètre, aire, volume…) et en sciences (vitesse, puissance, énergie…).
- **Simplifier** une expression littérale, c'est l'écrire plus simplement : on pourra ne pas écrire tous les signes ×.

EXEMPLE : $2 \times L + 2 \times \ell = 2L + 2\ell$

Les méthodes

Calculer une expression littérale

Je remplace chaque lettre par sa valeur, puis j'effectue les calculs en respectant les **priorités opératoires** (voir fiche 3).

EXEMPLE : Pour $x = 2$ et $y = 4$:
$27x + 4y - 5 = 27 \times 2 + 4 \times 4 - 5 = 54 + 16 - 5 = 65$

Tester une égalité de deux expressions

Pour la ou les valeurs proposées, je calcule **chaque membre de l'égalité séparément**, puis je vérifie l'égalité entre les deux résultats.

EXEMPLE : Tester l'égalité $7x + 4 = 31 - 2x$ pour $x = 3$.
$7 \times 3 + 4 = 25$ et $31 - 2 \times 3 = 25$ Donc, pour $x = 3$, l'égalité est vérifiée.

9 La distributivité

» Chapitre 18

Les définitions

développer : Transformer un **produit en une somme** (ou une différence). On dit que l'on « distribue » la multiplication.

factoriser : Transformer une **somme** (ou une différence) **en un produit**.

L'essentiel

- Ci-contre, les lettres k, a et b représentent des nombres relatifs.
- La distributivité est souvent utilisée pour le **calcul mental**.

Développer →

$$k \times (a+b) = k \times a + k \times b$$
$$k \times (a-b) = k \times a - k \times b$$

← Factoriser

EXEMPLE : $23 \times 12 = 23 \times (10+2) = 23 \times 10 + 23 \times 2 = 230 + 46 = 276$

Les méthodes

Développer une expression

Je **distribue le facteur**, devant la parenthèse, aux termes entre parenthèses.

EXEMPLES :

$7 \times (100 + 4) = 7 \times 100 + 7 \times 4$

$6 \times (50 - 2) = 6 \times 50 - 6 \times 2$

Factoriser une expression

Je cherche un **facteur commun** à chaque terme de l'expression.

EXEMPLES :

- $9x + 9y = 9 \times x + 9 \times y = 9 \times (x+y)$
- Parfois le facteur commun est un peu « caché » : $14 - 7x = 7 \times 2 - 7 \times x = 7 \times (2 - x)$

10 La proportionnalité

» Chapitres 19 et 20

La définition

grandeurs proportionnelles

Deux **grandeurs** sont **proportionnelles** lorsqu'on peut calculer les valeurs de l'une en multipliant les valeurs de l'autre par un même nombre.

EXEMPLE : La masse et le prix des bananes sont proportionnels mais pas la masse et l'âge d'une personne.

L'essentiel

› On passe d'une grandeur à une autre en multipliant toujours par le même nombre : le **coefficient de proportionnalité**.

EXEMPLE :

Nombre de crêpes	2	4	10
Prix (euros)	5	10	25

$\times 2{,}5$

La méthode

› Résoudre un problème de proportionnalité

- **Recherche du coefficient de proportionnalité** : je divise le nombre de la deuxième ligne par le nombre de la première ligne correspondant.
- **Ou retour à l'unité** : je reviens à une quantité de 1.
- **Ou méthode multiplicative** : si une grandeur est doublée (ou triplée...), alors l'autre l'est également.
- **Ou méthode additive** : dans un tableau de proportionnalité, je peux additionner deux colonnes pour en former une troisième.

11 L'échelle d'une représentation

» Chapitre 21

La définition

échelle : **Coefficient de proportionnalité** pour passer des dimensions réelles aux dimensions sur la représentation (plan, schéma...).

L'essentiel

$$\text{échelle} = \frac{\text{dimension sur la représentation}}{\text{dimension dans la réalité}}$$ avec la même unité

› Si l'échelle est plus grande que 1, c'est un **agrandissement**.
EXEMPLE : microscope d'échelle 40.

› Si l'échelle est plus petite que 1, c'est une **réduction**.
EXEMPLE : carte routière à l'échelle $\frac{1}{200\,000}$.

Les méthodes

› Utiliser une échelle pour calculer une distance

Je peux utiliser un **tableau de proportionnalité**.

EXEMPLE : carte à l'échelle $\frac{1}{100\,000}$

Distance réelle (cm)	100 000	...
Distance sur la carte (cm)	1	...

$\times \frac{1}{100\,000}$

› Calculer une échelle

Je cherche par combien les dimensions réelles sont **multipliées** pour obtenir les dimensions sur la représentation.

12 Les pourcentages

» Chapitre 22

La définition

pourcentage

- C'est une **proportion** écrite sous la forme d'une fraction de dénominateur 100.
- EXEMPLE : $15\ \% = \dfrac{15}{100}$

L'essentiel

› EXEMPLE : Dans une classe de 25 élèves, 13 élèves font du sport en club. On peut donc dire que, s'il y avait 100 élèves (4 fois plus que 25), il y en aurait 52 (4 fois plus que 13) qui feraient du sport en club : il y a donc 52 % des élèves de cette classe qui font du sport en club.

› Voici des **pourcentages à retenir** :

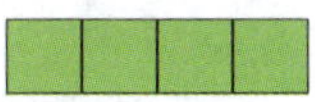

100 % c'est le tout.

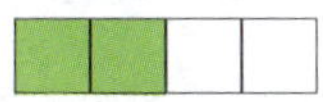

50 % c'est la moitié.

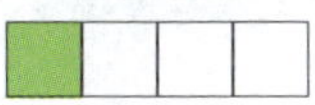

25 % c'est le quart.

75 % ce sont les trois quarts.

La méthode

› Calculer un pourcentage

Je **divise** la partie par le tout, puis je ramène le résultat à une fraction de **dénominateur 100**.

EXEMPLE : Au collège, 144 élèves de 5e sur 160 ont un téléphone. Quel est le pourcentage d'élèves qui ont un téléphone ?

$\dfrac{144}{160} = 0{,}9$ et $0{,}9 = \dfrac{90}{100}$ donc 90 % des élèves ont un téléphone.

13 Les graphiques et les diagrammes

» Chapitre 23

L'essentiel

Représentations de données statistiques

EXEMPLE : On a demandé leur couleur préférée à 40 élèves :

Valeur (couleur préférée)	bleu	rouge	rose
Effectif (nombre de réponses)	8	20	12

• **Diagramme en bâtons**

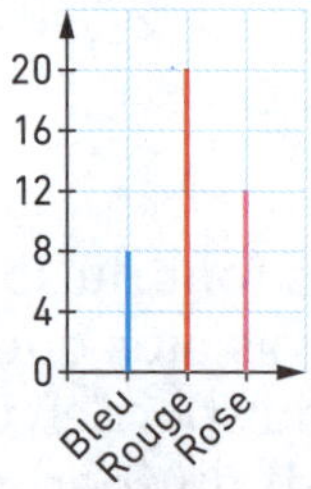

• **Diagrammes circulaire/semi-circulaire**

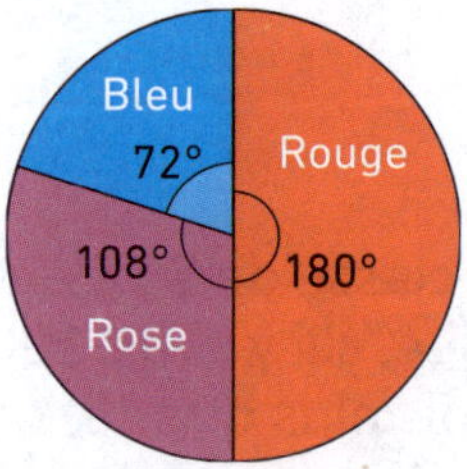

← effectif total représenté par 360°

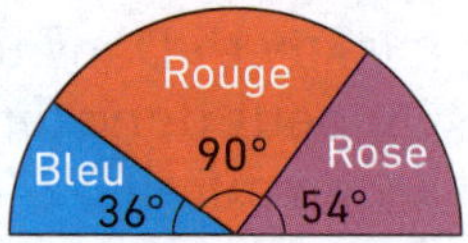

↑ effectif total représenté par 180°

⚠ Une grandeur liée à une autre se représente dans un **repère orthogonal**.

La méthode

Faire des « lectures graphiques » dans un repère

Un **repère orthogonal**, ce sont deux axes perpendiculaires de même origine : l'axe des abscisses et l'axe des ordonnées.

EXEMPLE : D'après la représentation graphique ci-contre :

• au bout de 15 min, le cycliste roule à 25 km/h ;

• il roule à plus de 30 km/h entre la minute 10 et la minute 14 environ.

Vitesse d'un cycliste en fonction du temps

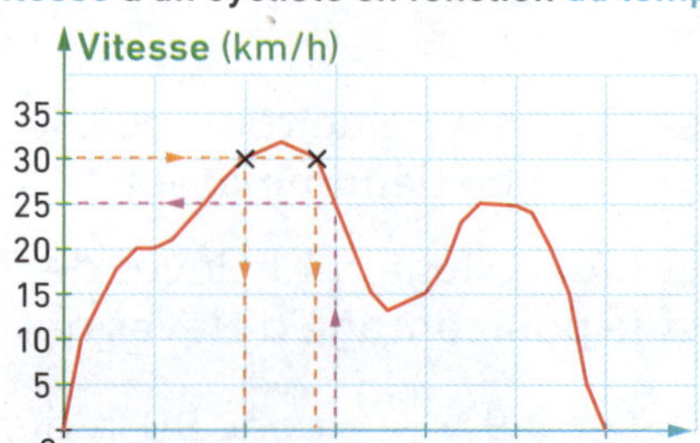

14 Les séries statistiques

» Chapitres 23 à 25

La définition

série statistique

C'est un ensemble de données concernant une population.

EXEMPLE : Lors d'un repas, on note l'âge des 7 personnes présentes : 5 ; 5 ; 8 ; 33 ; 35 ; 64 et 67. C'est une **série statistique** dont l'effectif total est 7.

L'essentiel

› Pour **étudier une série statistique** :

- On peut faire un **tableau d'effectifs** : les données sont alors plus lisibles.
- On peut mesurer si une réponse est fréquente :

$$\text{fréquence d'une valeur} = \frac{\text{effectif de la valeur}}{\text{effectif total}}$$

- On peut calculer une **moyenne** si les données sont des nombres :

$$\text{moyenne} = \frac{\text{somme de toutes les données}}{\text{effectif total}}$$

La méthode

› Étudier une série statistique

EXEMPLE : On a demandé leur couleur préférée à 40 élèves.

Valeur (couleur préférée)	bleu	rouge	rose	**TOTAL**
Effectif (nombre de réponses)	8	20	12	40
Fréquence	$\frac{8}{40}$	$\frac{20}{40}$	$\frac{12}{40}$	$\frac{40}{40}$

⚠ Je ne peux pas calculer de moyenne : les couleurs ne sont pas des nombres.

15 Les probabilités

» Chapitre 26

La définition

probabilité

- **Les probabilités**, c'est l'étude du hasard.
- **La probabilité d'un événement**, c'est la proportion de « chances » qu'il se produise.

EXEMPLE : En lançant une pièce, on a 1 chance sur 2 d'obtenir Pile. On note P(« obtenir pile ») $= \frac{1}{2} = 0{,}5$.

L'essentiel

› Le résultat d'une **expérience aléatoire** ne dépend que du hasard. Les résultats possibles s'appellent des **issues**.

› Une probabilité est un **nombre compris entre 0 et 1**.

- Un événement de probabilité 0 est un événement **impossible**.
- Un événement de probabilité 1 est un événement **certain**.

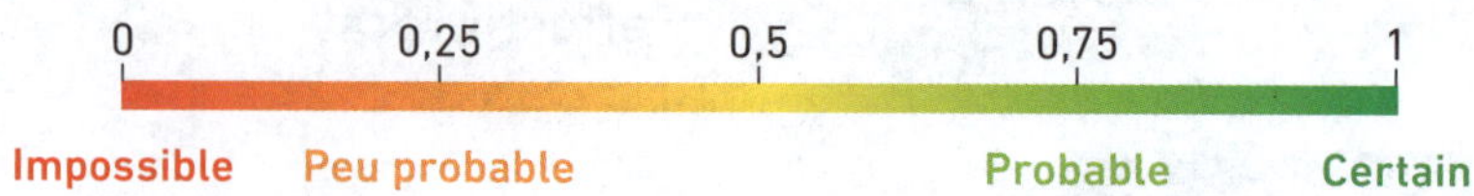

› Quand les issues ont autant de chances de se produire les unes que les autres, on parle d'une **situation d'équiprobabilité**.

La méthode

› **Déterminer une probabilité en cas d'équiprobabilité**

$$\text{probabilité} = \frac{\text{nombre d'issues favorables}}{\text{nombre total d'issues}}$$

On lance un dé à 6 faces non truqué. On voudrait faire au moins 5.

Il y a 2 issues favorables, 5 ou 6, donc P(« obtenir au moins 5 ») $= \frac{2}{6} = \frac{1}{3}$.

16 Les symétries

» Chapitres 27 et 28

Les définitions

Une symétrie par rapport…
- à une **droite** s'appelle symétrie **axiale**.
- à un **point** s'appelle symétrie **centrale**.

L'essentiel

› **Deux figures symétriques** ont les mêmes angles, les mêmes dimensions et la même forme. Elles sont **superposables : par pliage** pour la symétrie axiale et **par demi-tour** pour la symétrie centrale.

- **Symétrie axiale** par rapport à (d)

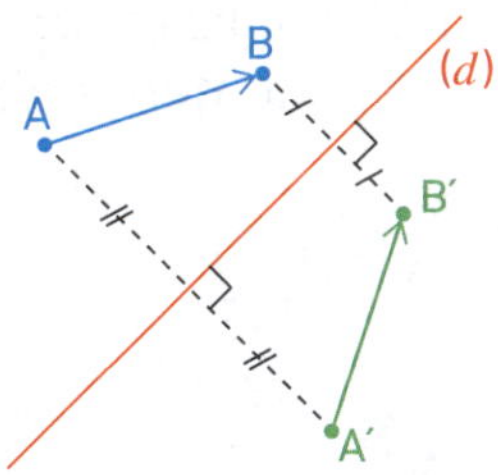

- **Symétrie centrale** de centre C

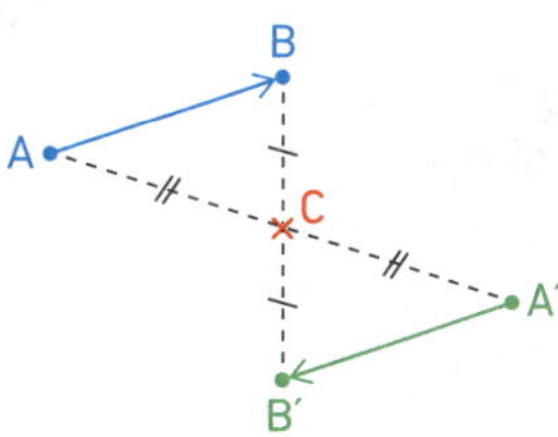

Dans les deux cas, les flèches bleue et verte sont symétriques.

La méthode

› **Construire le symétrique d'un point par rapport à un centre**

EXEMPLE : Pour que A et A′ soient symétriques par rapport au centre C, il faut que C soit le **milieu du segment** [AA′].

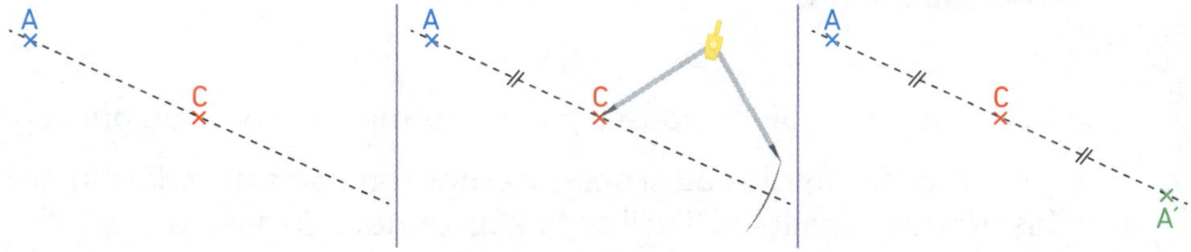

17 Des angles particuliers

» Chapitre 29

L'essentiel

› Définitions

<table>
<tr><th>Angles opposés par le sommet</th><th>Angles alternes-internes</th><th>Angles correspondants</th></tr>
<tr>
<td>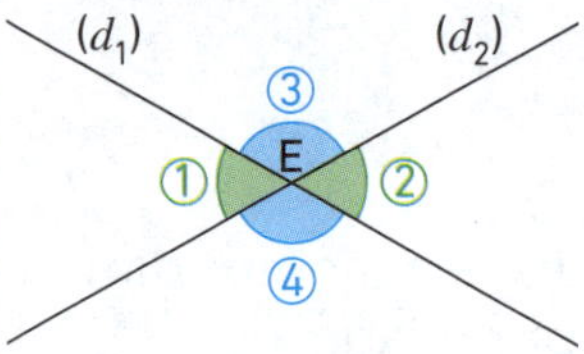</td>
<td>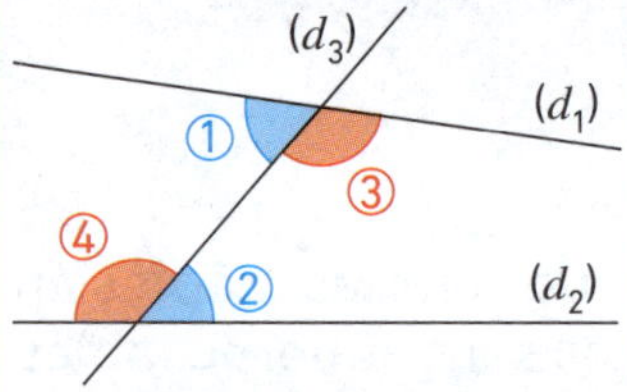</td>
<td>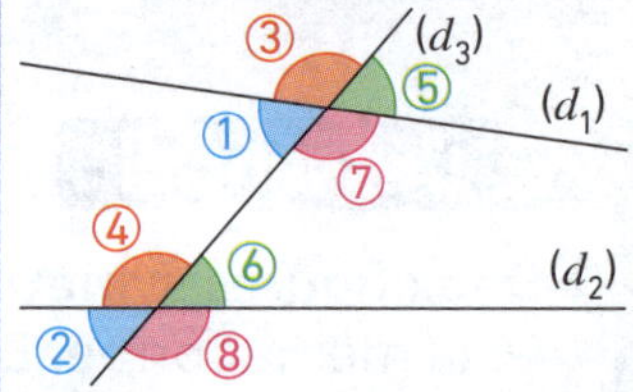</td>
</tr>
<tr>
<td>• ① et ② sont opposés par le sommet.
• ③ et ④ sont aussi opposés par le sommet.</td>
<td>• ① et ② sont alternes-internes : de chaque côté de (d_3) et entre (d_1) et (d_2) ;
• ③ et ④ sont aussi alternes-internes.</td>
<td>• ① et ② sont correspondants (« ils regardent dans la même direction ») ;
• ③ et ④ ; ⑤ et ⑥ ; ⑦ et ⑧ le sont aussi.</td>
</tr>
</table>

› Propriétés

- Deux angles opposés par le sommet sont **égaux**.
- Si les droites (d_1) et (d_2) sont **parallèles**, alors les angles alternes-internes (et correspondants) sont **égaux**.
- Réciproquement, si les angles alternes-internes (ou correspondants) sont **égaux**, alors les droites (d_1) et (d_2) sont **parallèles**.

La méthode

› Montrer que deux angles sont égaux

- Soit ce sont des angles **opposés** par le sommet (ils sont toujours égaux).
- Soit ce sont des angles **alternes-internes** (ou **correspondants**) portés par des droites parallèles (j'utilise la 2e propriété ci-dessus).

18 Les triangles

» Chapitres 30 et 31

L'essentiel

Dans un triangle :

- la longueur de chaque côté est strictement **plus petite** que la somme des longueurs des deux autres côtés (inégalité triangulaire) ;
- la **somme** des mesures des angles est égale à **180°**.

Les méthodes

Savoir si un triangle existe quand on connaît les trois longueurs

Je vérifie que la longueur du **plus grand côté** est inférieure à la somme des longueurs des deux autres cotés.

EXEMPLES : Est-il possible de construire un triangle dont les longueurs sont :

• 10 cm, 6 cm et 7 cm ?	• 10 cm, 3 cm et 4 cm ?
Le plus grand côté est celui de 10 cm. $6 + 7 = 13 > 10$ Donc on peut le construire.	Le plus grand côté est celui de 10 cm. $3 + 4 = 7 < 10$ Donc on ne peut pas le construire.

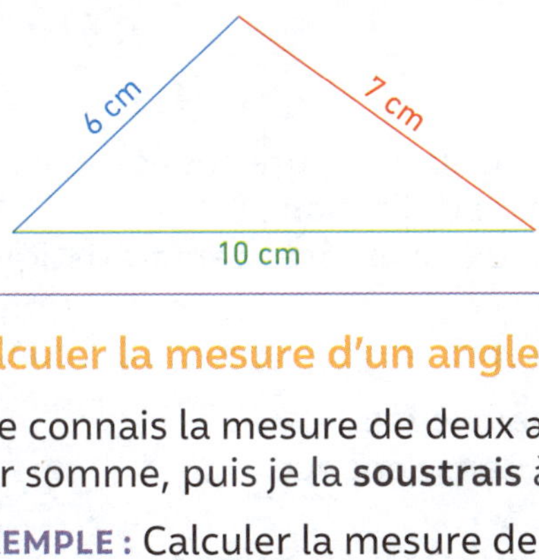

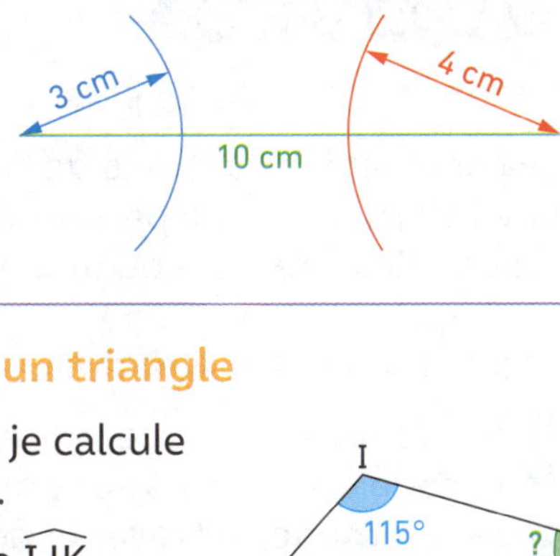

Calculer la mesure d'un angle dans un triangle

Si je connais la mesure de deux angles, je calcule leur somme, puis je la **soustrais** à 180°.

EXEMPLE : Calculer la mesure de l'angle $\widehat{IJK}$.

$\widehat{IJK} = 180 - (115 + 39) = 180 - 154 = 26°$

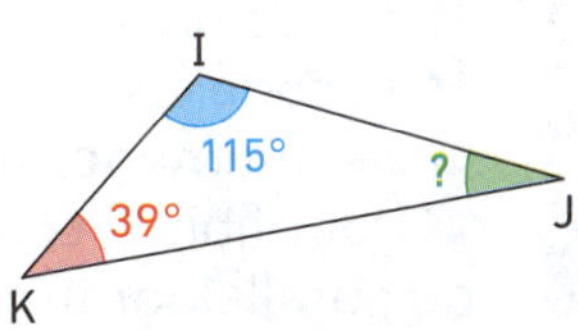

19 Les parallélogrammes

» Chapitres 32 à 34

La définition

parallélogramme

C'est un quadrilatère qui a ses **côtés opposés deux à deux parallèles**.

EXEMPLE :

(AB) // (DC) et (AD) // (BC)

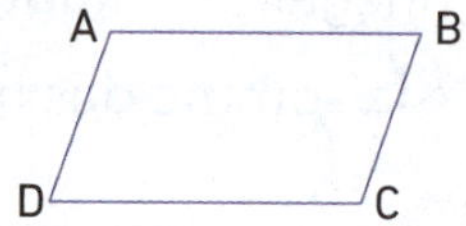

L'essentiel

› **Propriété caractéristique 1 :** Un parallélogramme a ses **diagonales** qui se coupent en leur milieu.

› **Propriété caractéristique 2 :** Un parallélogramme a ses **côtés opposés** deux à deux de même longueur.

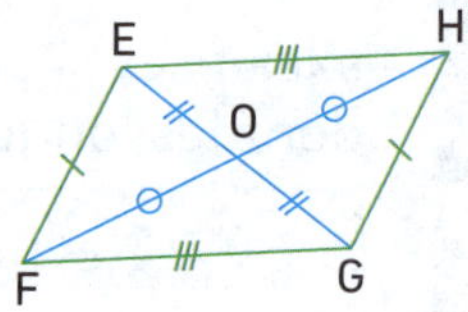

Les méthodes

› Reconnaître un parallélogramme

Je cherche dans le texte de l'énoncé ou sur la figure codée une information qui permet d'utiliser la **définition** du parallélogramme ou une de ses deux **propriétés caractéristiques**.

› Tracer un parallélogramme

1. Je fais un schéma de la figure **à main levée**.
2. Je **code** les informations données dans l'énoncé.
3. Je **commence à tracer** la figure.
4. Pour finir la construction, je peux utiliser la **définition** du parallélogramme ou l'une de ses deux **propriétés caractéristiques**.

20 Prismes et cylindres

» Chapitre 35

Les définitions

prisme : Un prisme est un **solide** constitué de deux **bases polygonales** identiques et parallèles, et de faces latérales rectangulaires.

EXEMPLES :

cylindre : Un cylindre est un **solide** constitué de deux **bases circulaires** identiques et parallèles, et d'une surface latérale courbe.

L'essentiel

› Dessiner un **patron d'un solide**, c'est découper mentalement l'enveloppe du solide et la dessiner à plat.
Il existe plusieurs patrons d'un même solide.

La méthode

› Dessiner un patron d'un cylindre

La **surface latérale** du cylindre mise à plat est un rectangle dont une dimension est le périmètre de sa **base**.

EXEMPLE :

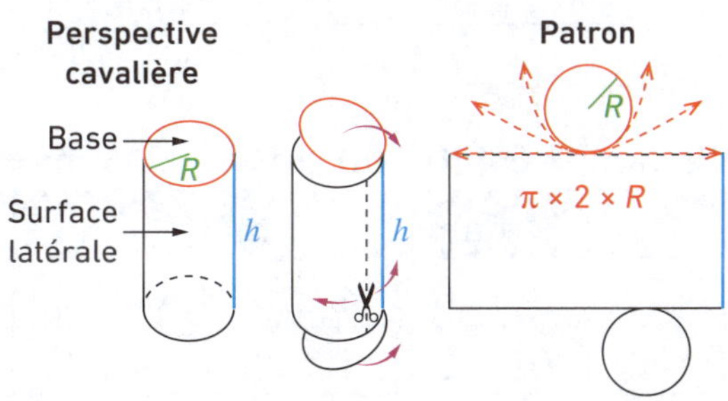

21 Les périmètres et les aires

» Chapitre 36

Les définitions

périmètre — C'est la longueur du contour de la figure.

aire — C'est la mesure de la surface de la figure.

L'essentiel

- Pour calculer l'aire (ou le périmètre) d'une figure, on peut soit utiliser une **formule** si c'est une figure connue (voir chapitre 36), soit procéder par **découpage astucieux**.
- Les aires (ou les longueurs) doivent être exprimées dans la **même unité** pour faire les calculs.

Les méthodes

Convertir les unités de longueur

EXEMPLES : 375 mm = 0,375 m   24,8 hm = 24 800 dm

km	hm	dam	**m**	dm	cm	mm
			0	3	7	5
2	4	8	0	0		

Convertir les unités d'aire

EXEMPLES : 6,42 dam^2 = 6 420 000 cm^2 315 m^2 = 0,031 5 hm^2

km^2		hm^2		dam^2		**m^2**		dm^2		cm^2		mm^2	
					6	4	2	0	0	0	0		
			0	0	3	1	5						

22 Les volumes

» Chapitre 37

La définition

volume — C'est **l'espace occupé** par un solide.

L'essentiel

› **Volume** d'un prisme droit et d'un cylindre : aire de la base × hauteur

Prismes droits **Cylindre**

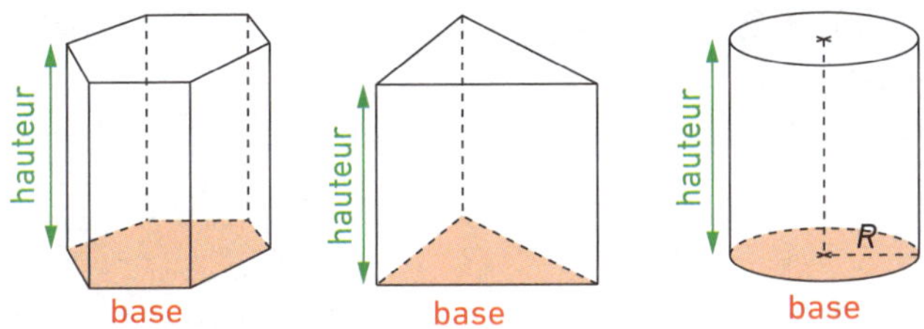

› L'**unité principale** pour le calcul d'un volume est le **m³**.

› Dans un cube de 1 dm de côté, on peut verser exactement 1 L d'eau.

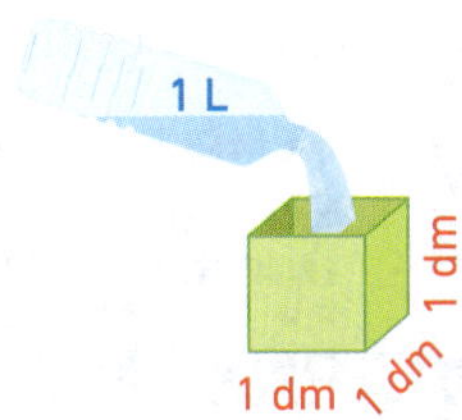

$1\ dm^3 = 1\ L$ $1\ m^3 = 1\ 000\ L$

La méthode

› Convertir les unités de volume et de contenance

EXEMPLES : 75 cL = 750 cm³ 1 500 cm³ = 1,5 L

		m³			dm³			cm³			mm³
			hL	daL	**L**	dL	cL	mL			
						7	5	0			
					1	5	0	0			

23 Les durées

» Chapitre 38

La définition

durée — C'est **la mesure du temps** écoulé entre deux instants.

L'essentiel

› Les **unités de durée** sont nombreuses : seconde, minute, heure, jour, semaine, mois, année… L'**unité légale** est la **seconde**.

1 min = 60 s 1 h = 60 min = 3 600 s 1 jour = 24 h 1 an = 365,25 jours ≈ 52 semaines

Les méthodes

› Convertir des durées

Je peux utiliser la **proportionnalité**.

EXEMPLE : Convertir des minutes en heures (ou réciproquement).

Durée (min)	60 min	6 min	24 min	180 min
Durée (h)	1 h	0,1 h	0,4 h	3 h

× 60 (des heures vers les minutes) ; ÷ 60 (des minutes vers les heures)

› Calculer une durée

Je calcule (attention aux **retenues**) :

durée = heure de fin – heure de début

EXEMPLE : Loucia a joué sur son téléphone de 15 h 48 à 17 h 12.

	16		72	
	~~17~~	h	~~12~~	min
–	15	h	48	min
	1	h	24	min

Je ne peux pas enlever 48 min à 12 min.

Je prends 1 heure à 17 h, il reste 16 h et je rajoute les 60 minutes de cette heure à 12 min.

J'effectue : 16 h 72 min – 15 h 48 min = 1 h 24 min.

Loucia a joué pendant 1 h 24 min.

3 Nombre d'élèves dans la classe : 9 + 9 + 12 = 30.

Menu A : $\frac{9}{30} = 0,30 = \frac{30}{100} = 30~\%$

Menu B : $\frac{9}{30} = 0,30 = \frac{30}{100} = 30~\%$

Menu C : $\frac{12}{30} = 0,40 = \frac{40}{100} = 40~\%$

(ou 100 – 30 – 30 = 40)

4 Montant de la réduction : 120 – 90 = 30.

Pourcentage de réduction : $\frac{30}{120} = 0,25 = \frac{25}{100} = 25~\%$.

Les baskets sont soldées à – 25 %.

Chapitre 23 Lire et représenter des données • p. 30

1

Valeur	blanc	gris	noir	bleu	vert	rouge
Effectif	4	4	6	5	4	3

2 a.

Nombre d'enfants	0	1	2	3	4 et +
Effectif (en milliers)	**30**	15	**11**	3	1

b.

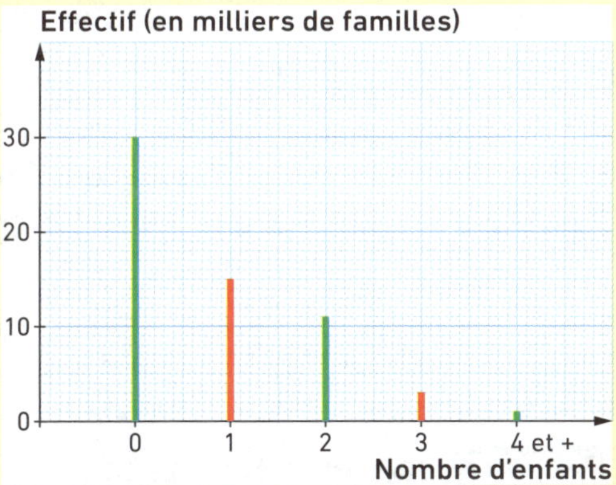

3 *Calcule bien le coefficient de proportionnalité **avant** les angles.*

Marque	Nike®	Adidas®	Converse®	Vans®	Puma®	TOTAL
Effectif	25	18	8	5	4	**60**
Angle (°)	**150°**	**108°**	**48°**	**30°**	**24°**	**360°**

(× 6)

a. Diagramme circulaire donc 360°.
b. Calcul du coefficient de proportionnalité :
360° ÷ 60 = 6
c. On complète les angles avec le × **6**.
d. On trace les secteurs les uns contre les autres sur le diagramme.

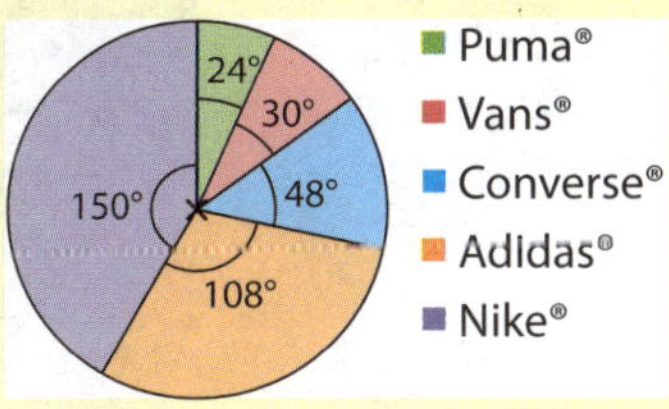

Chapitre 24 Calculer une fréquence • p. 31

1 $\frac{20}{40} = 0,5 = 50~\%$ et $\frac{12}{40} = 0,3 = 30~\%$

2

Résultat	1	2	3	4
Effectif	99	105	111	81
Fréquence (fraction)	$\frac{99}{600}$	$\frac{105}{600}$	$\frac{111}{600}$	$\frac{81}{600}$
Fréquence (nombre décimal)	0,165	0,175	0,185	0,135
Fréquence (%)	16,5 %	17,5 %	18,5 %	13,5 %

Résultat	5	6	TOTAL
Effectif	102	102	**600**
Fréquence (fraction)	$\frac{102}{600}$	$\frac{102}{600}$	$\frac{600}{600}$
Fréquence (nombre décimal)	0,17	0,17	1
Fréquence (%)	17 %	17 %	100 %

3

Dessert	Fruit	Laitage	Pâtisserie	TOTAL
Fréquence	0,25	0,4	0,35	1
Fréquence (%)	25 %	40 %	35 %	100 %
Nombre d'élèves	115	184	161	460

(× 4,6)

Chapitre 25 Calculer une moyenne • p. 32

1 La moyenne est toujours une **répartition équitable**, il faut cocher la 3e proposition : si on répartissait les points équitablement, il aurait 272,5 points à chaque manche.

2 a. $(36 + 39 + 38 + 42 + 40 + 39 + 41 + 42 + 43 + 37) \div 10 = 39,7$

b. $(2 \times 38 + 5 \times 39 + 4 \times 42 + 1 \times 43) \div 12 \approx 40,2$

c. $(4 \times 39 + 3 \times 40 + 5 \times 41 + 2 \times 42) \div 14 \approx 40,4$

Pour l'équipe C, tu peux traduire les données du diagramme en tableau, comme pour l'équipe B.

Chapitre 26 Déterminer une probabilité • p. 33

1 Dans l'ordre de gauche à droite : T-I-R-A-G-E.

2 Les issues sont : rose, vert, jaune et bleu.

Si on regardait le nombre obtenu, les issues seraient : 1, 2 et 3.

3 a. $P(\text{« boule rouge »}) = \frac{1}{7}$ b. $P(\text{« boule noire »}) = \frac{4}{7}$

c. $P(\text{« boule jaune »}) = 0$ d. $P(\text{« boule pas noire »}) = \frac{3}{7}$

4 $P(\text{« gagner »}) = \frac{1}{6} \approx 0,167$

Il est très peu probable qu'elle gagne.

BILAN Organisation et gestion de données • p. 34-35

Quiz

1 Oui

2 30 min

3 25 cm

4 $\dfrac{1}{12\,500\,000}$

5 84 %

6 12

7 0,2

8 9,30 €

9 $\dfrac{2}{52}$

Jeux et énigmes

Rune	ᚠ	ᚢ	ᚦ	ᚨ	ᚱ	ᚲ
Effectifs	3	8	0	6	11	4
Fréquence %	2,5	6,8	0	5	9,3	3,4
Lettre(s)	F	U	TH	A	R	K, C, Q

Rune	ᚷ	ᚹ	ᚺ	ᚾ	ᛁ	ᚲᛊ
Effectifs	1	2	0	5	9	2
Fréquence %	0,8	1,7	0	4,2	7,6	1,7
Lettre(s)	G	V	H	N	I	X

Rune	ᛃ	ᛈ	ᛉ	ᛊ	ᛏ	ᛒ	ᛖ
Effectifs	2	3	0	16	8	3	19
Fréquence %	1,7	2,5	0	13,6	6,8	2,5	16,1
Lettre	J	P	Z	S	T	B	E

Rune	ᛗ	ᛚ	ᛞ	ᛟ
Effectifs	3	3	2	8
Fréquence %	2,5	2,5	1,7	6,8
Lettre	M	L	D	O

Message : On retrouve ces inscriptions sous forme de textes brefs à la surface d'objets variés : bijoux, peignes, amulettes, outils, armes, pierres runiques.

Chapitre 27 Utiliser la symétrie centrale • p. 36

1

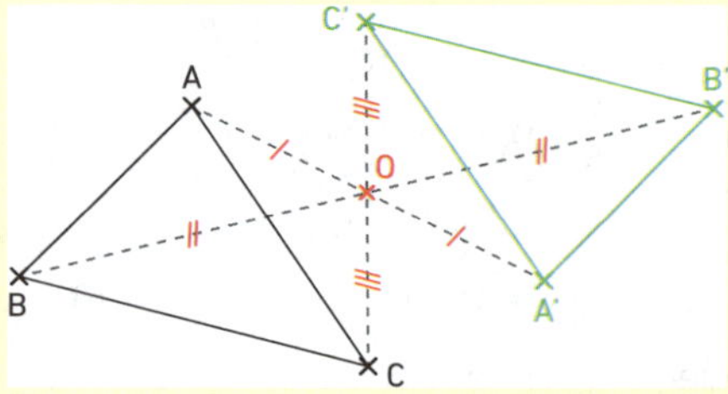

2

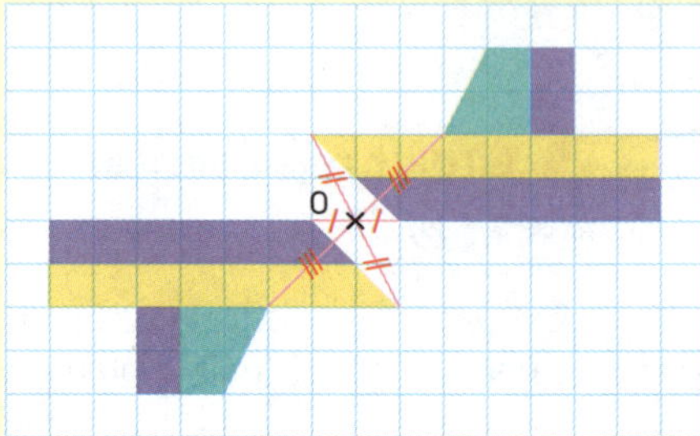

3 a. La symétrie centrale conserve les mesures d'angles donc $\widehat{A'B'C'} = $ **45°**.

b. La symétrie centrale conserve les **longueurs** donc F'G' = **2,24 cm**.

c. La symétrie centrale conserve les **aires**, donc l'aire $\mathscr{A}_{ABCDEFG}$ = **9 cm²**.

d. Le périmètre $\mathscr{P}_{ABCDEFG} \approx 15{,}4$ cm. La symétrie centrale conserve les périmètres donc $\mathscr{P}_{A'B'C'D'E'F'G'} \approx$ **15,4 cm**.

e. (DE) // (**D'E'**) (AB) // (**A'B'**) (C'D') // (**CD**)

Chapitre 28 Reconnaître des axes ou un centre de symétrie • p. 37

1 a.

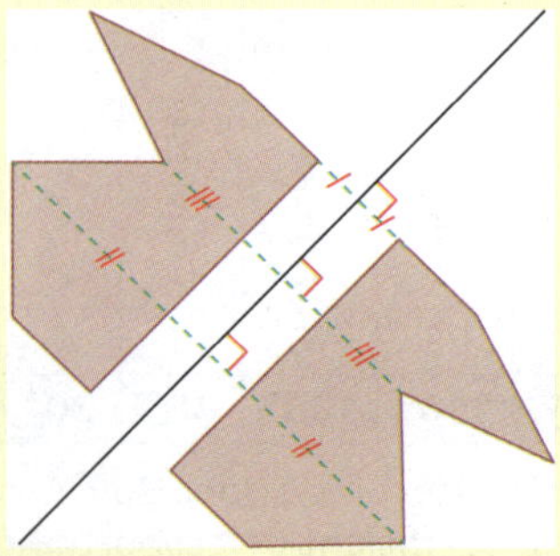

b.

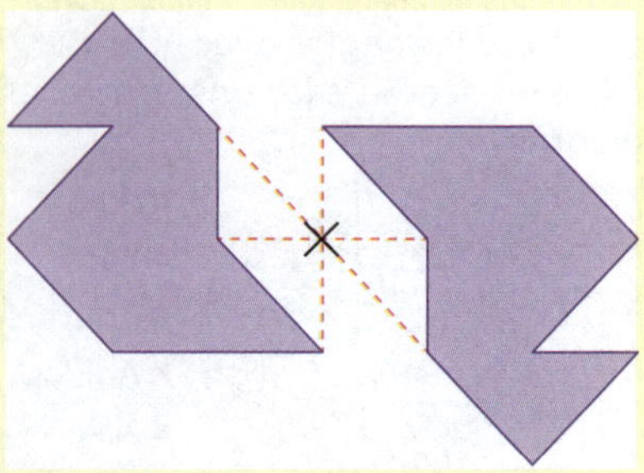

2

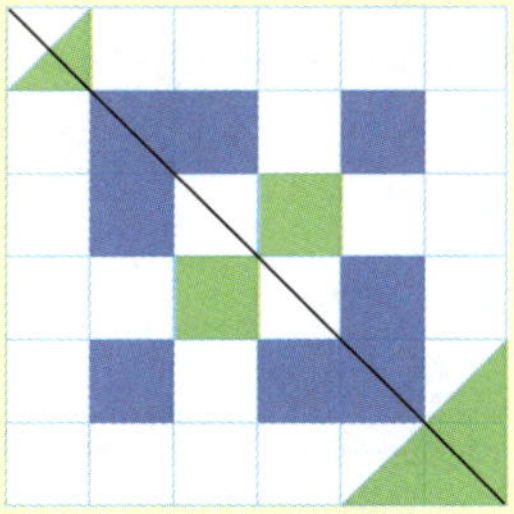

1 axe de symétrie

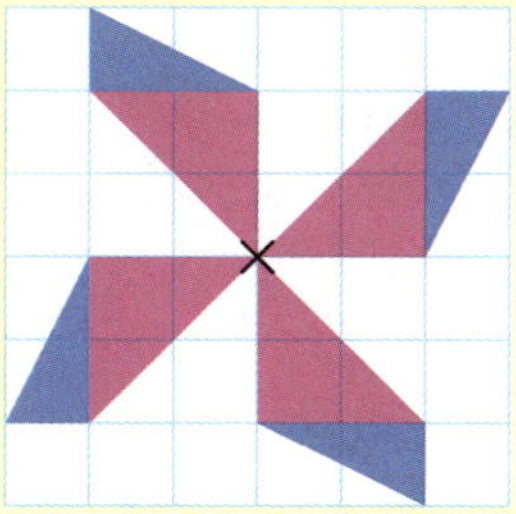

1 centre de symétrie

2 axes de symétrie
et 1 centre de symétrie

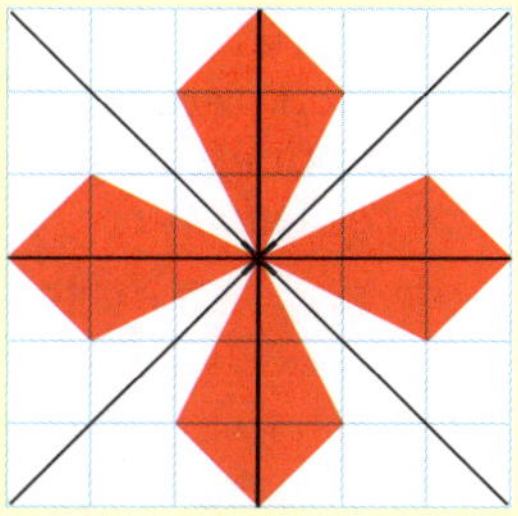

4 axes de symétrie
et 1 centre de symétrie

Chapitre 29 Calculer des angles • p. 38

1 Situation 1 : Angles alternes-internes. **Égaux.**
Situation 2 : Angles correspondants. **Pas égaux.**
Situation 3 : Angles opposés par le sommet. **Égaux.**
Situation 4 : Angles correspondants. **Égaux.**

N'oublie pas que des angles correspondants ou alternes-internes ne sont égaux que si les droites sont parallèles.

2

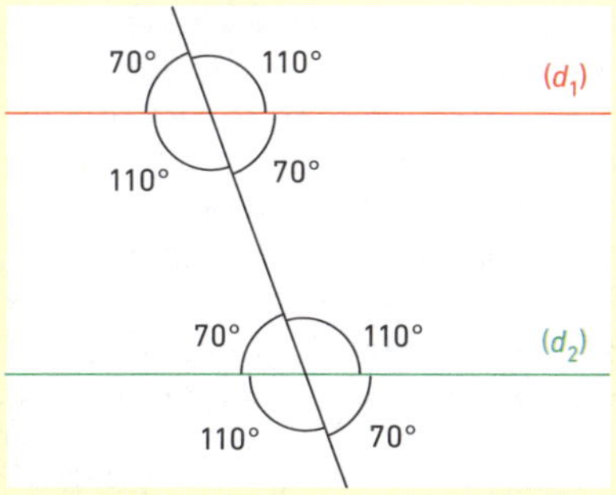

3 $\widehat{EBC} = 180 - 47 = 133°$
On constate que $\widehat{EBC} = \widehat{FEB} = 133°$.
Or si les angles **alternes-internes** sont égaux, alors les droites **sont parallèles** donc (AC) et (FD) sont parallèles.

Chapitre 30 Utiliser l'inégalité triangulaire • p. 39

1 a.

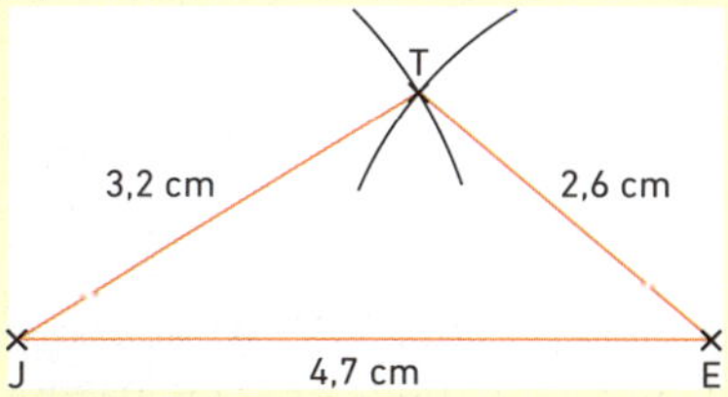

b.

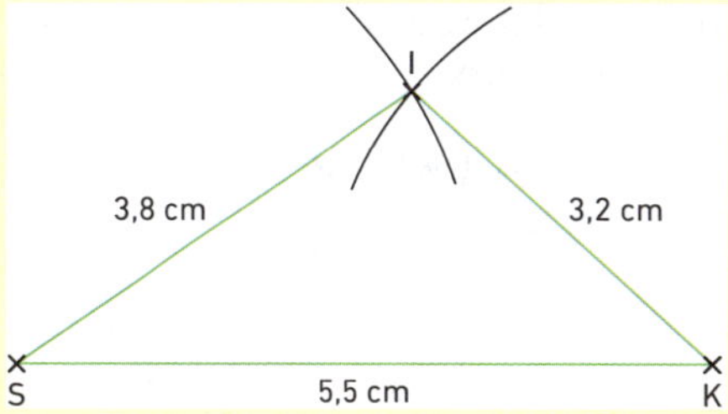

2 a. $6 + 4 = 10 > 9$. Oui
b. $3 + 2,5 = 5,5 < 8$. Non.
c. $3,5 + 3,5 = 7 < 9$. Non.

3 a.

Attention, quand le script indique de tourner de 60°, le lutin tournera de 60° par rapport à sa direction. Cela correspond souvent à l'angle extérieur.

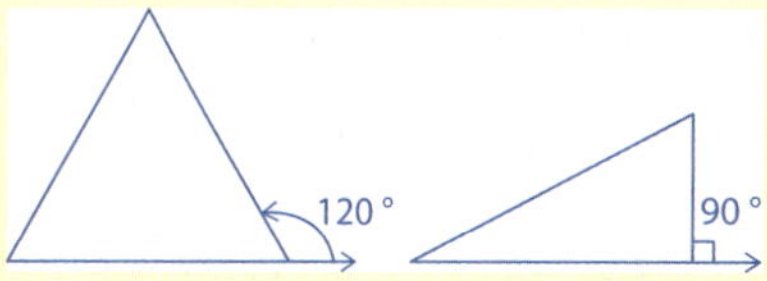

Script (1) Script (2)

b. $20 + 120 = 140$ et $140 < 150$.
Le script ne permet pas de tracer un triangle.

Dans un triangle, la longueur de chaque côté est strictement plus petite que la somme des longueurs des deux autres côtés (inégalité triangulaire).

Chapitre 31 Utiliser la somme des angles dans un triangle • p. 40

1 a. $40 + 93 + 47 = 180$. Oui.
b. $39 + 112 + 29 = 180$. Oui.
c. $30 + 60 + 90 = 180$. Oui.

2 a. Triangle ABC : $180 - (61 + 40) = 79$ donc $\widehat{ACB} = 79°$.
b. Triangle EAU : $(180 - 108) \div 2 = 36$
donc $\widehat{UEA} = \widehat{UAE} = 36°$.

3 *Dans un triangle équilatéral, les 3 angles sont de même mesure, 60°.*

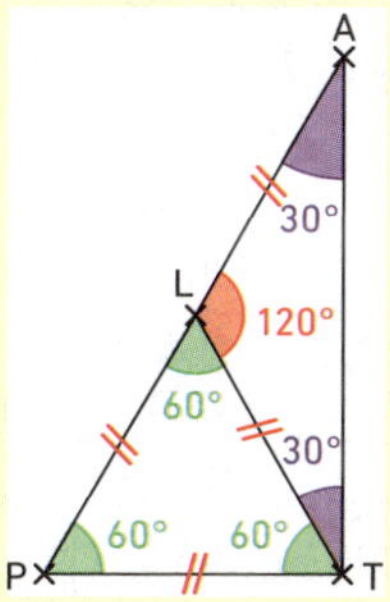

• PLT, triangle équilatéral, donc 3 angles de 60° (angles verts)
• $180 - 60 = 120°$ (angle rouge)
• $(180 - 120) \div 2 = 30°$ (angles violets)

Chapitre 32 Reconnaître des parallélogrammes • p. 41

1 Entourer les parallélogrammes EFGH, IJKL et RSTU.

2 a. Si un quadrilatère a ses côtés opposés deux à deux de même longueur, alors c'est un parallélogramme.

b. Si un quadrilatère a ses diagonales qui se coupent en leur milieu, alors c'est un parallélogramme.

Le centre d'un quadrilatère est le point d'intersection de ses diagonales.

3

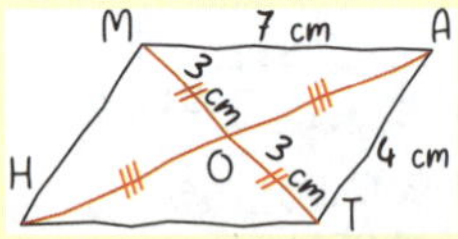

Il y a une symétrie centrale donc le point O est le milieu de [AH] . Et le point O est le milieu de [MT].
Le quadrilatère MATH a ses diagonales [MT] et [AH] qui se coupent en leur milieu : O. Donc le quadrilatère MATH est un parallélogramme.

Chapitre 33 Construire des parallélogrammes • p. 42

1

Pour les questions a. et b., les deux méthodes de construction conviennent, mais celle qui utilise la propriété n° 2 est plus adaptée pour le premier parallélogramme et celle qui utilise la propriété n° 1 convient davantage pour le second.

a. On trace le segment [PA], puis on trace un angle de 50° pour obtenir le point G.
On utilise la propriété n° 2 pour finir la construction du parallélogramme.
À l'échelle ½ :

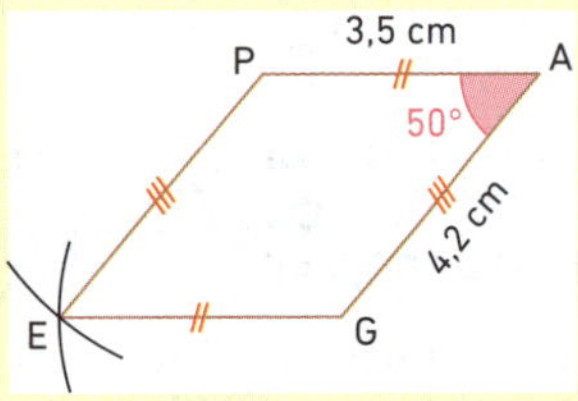

b. On trace le triangle JEO au compas.
On utilise la propriété n° 1 pour finir la construction du parallélogramme.
À l'échelle ½ :

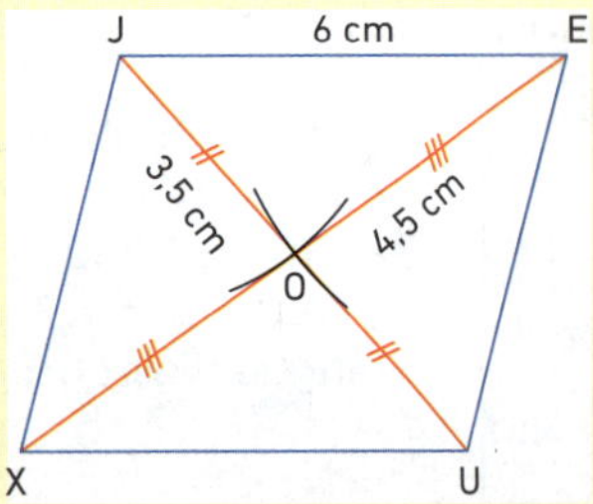

2 Il y a une erreur dans l'ordre des points.
Le parallélogramme du schéma à main levée d'Alice s'appelle ABDC ! Elle aurait dû noter **d'abord** le nom des points en tournant autour de la figure, **puis** noter les longueurs et la mesure de l'angle. Le schéma correct est :

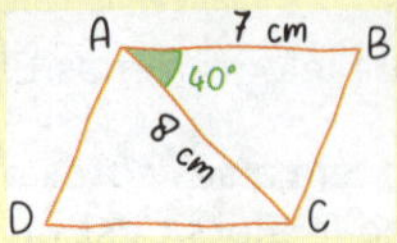

3 **a.** On commence par tracer le triangle END, puis on trace les point O et Z en utilisant la propriété n° 1.
À l'échelle ½ :

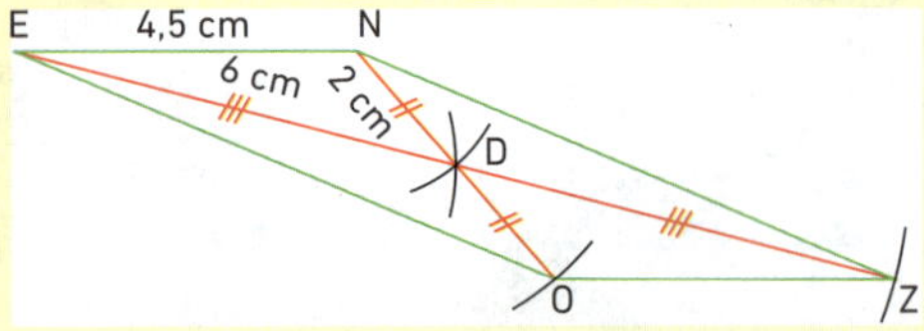

b. On commence par tracer le segment [RP], puis on trace l'angle $\widehat{RPO}$ de 120° pour obtenir le point O. Puis on trace les points M et Y en utilisant la propriété n° 1.
À l'échelle ½ :

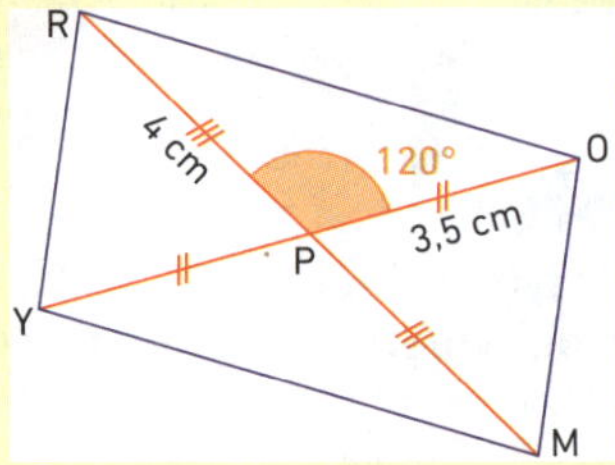

Chapitre 34 Reconnaître un quadrilatère particulier • p. 43

1 Un rectangle : MNOP ; un losange : IJKL ; un carré : UVWX.

2 **a.** [AB] et [CD] sont deux diamètres du cercle, donc ils se coupent en leur milieu.
Propriété : Si un quadrilatère a ses diagonales qui se coupent en leur milieu, alors c'est un parallélogramme.
b. [AB] et [CD] sont deux diamètres du cercle, donc AB = CD.
Propriété : Si un parallélogramme a ses diagonales de même longueur, alors c'est un rectangle.

3 **a.** *À l'échelle ½ :*

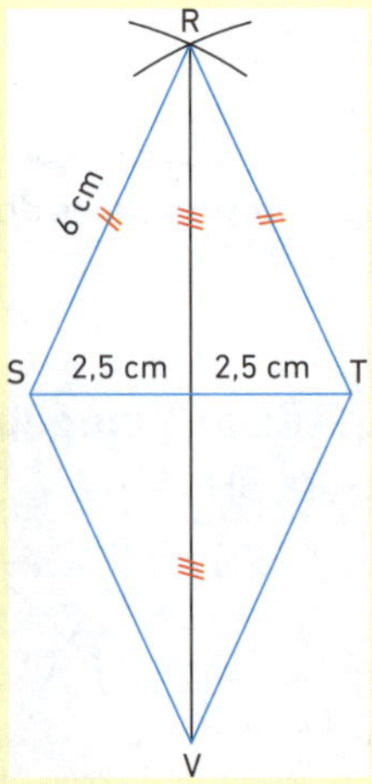

b. Le parallélogramme RTVS a deux côtés consécutifs de même longueur, donc c'est un losange.

BILAN Géométrie et mesures • p. 44-45

Quiz

1 

2 

3 138°

4 50°

5 6 cm

6 78°

7 Les diagonales se coupent en leur milieu.

8 Faux

9 Losange

Jeux et énigmes

1 La distance recherchée correspond au plus grand côté du triangle. 5 980 + 3 988 = 9 968
Cette distance est donc plus petite que 9 968 km, d'après l'inégalité triangulaire. Cette distance est aussi plus grande que les autres côtés, c'est donc forcément 6 567 km.

2
- **Patience :** 1 axe vertical
- **Espoir :** 1 axe vertical, 1 axe horizontal, 1 centre
- **Endurance :** 1 axe vertical
- **Bravoure :** 1 centre
- **Encouragement :** 1 axe vertical, 1 axe horizontal, 1 centre
- **Justice :** 1 axe vertical, 1 axe horizontal, 1 centre
- **Coopération :** 1 axe vertical
- **Réconciliation :** 1 axe vertical
- **Persévérance :** 1 axe vertical, 1 axe horizontal, 1 centre
- **Connaissance :** 1 axe vertical, 1 axe horizontal, 1 centre
- **Apprendre du passé :** aucun axe ni centre
- **Humilité et force :** 1 axe vertical, 1 axe horizontal, 1 centre
- **Amitié :** 1 axe vertical, 1 axe horizontal, 1 centre
- **Divinité suprême :** 1 centre
- **Sagesse :** 1 axe vertical

Chapitre 35 Construire un patron d'un prisme ou d'un cylindre • p. 46

1 a. **4.** b. **3.** c. **1.** d. **2.**

Les patrons ne sont pas en vraie grandeur.

2 a.

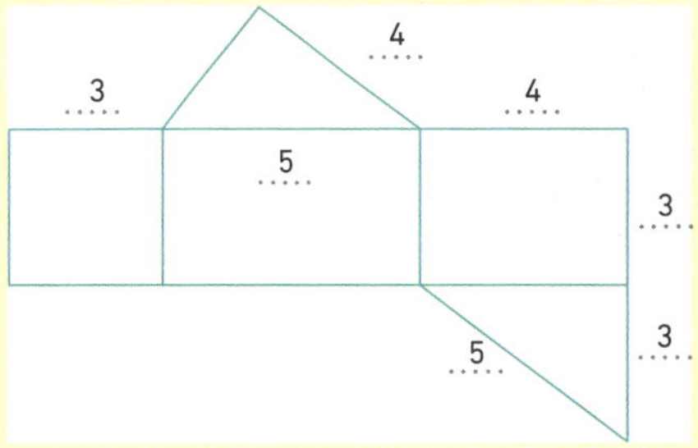

b.

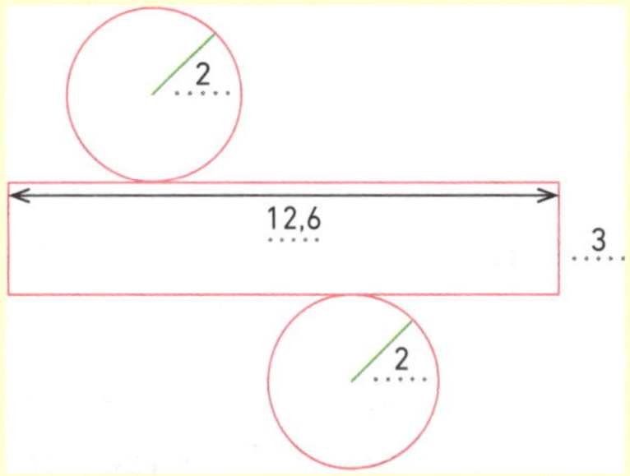

$2 \times \pi \times R = 2 \times \pi \times 2 = 4\pi \approx 12{,}6$ cm

Chapitre 36 Calculer des périmètres et des aires • p. 47

1 a. $P_{\text{triangle}} = 2 + 3{,}4 + 6 + 5{,}4 = 16{,}8$ cm
$A_{\text{triangle}} = [(2 + 3{,}4) \times 5] \div 2 = 13{,}5$ cm^2
b. $P_{\text{parallélogramme}} = 2 \times 5 + 2 \times 3{,}2 = 16{,}4$ dm
$A_{\text{parallélogramme}} = 5 \times 3 = 15$ dm^2
c. $P_{\text{cercle}} = 2 \times 2{,}6 \times \pi = 5{,}2\pi \approx 16{,}3$ cm
Valeur exacte : $5{,}2\pi$ cm ;
valeur approchée au dixième : 16,3 cm.
$A_{\text{disque}} = \pi \times 2{,}6 \times 2{,}6 = 6{,}76\pi \approx 21{,}2$ cm^2
Valeur exacte : $6{,}76\pi$ cm^2 ;
valeur approchée au dixième : 21,2 cm^2.

2
- $A_{\text{triangle}} = ((57 - 10 - 35) \times 30) \div 2$
$= (12 \times 30) \div 2 = 180$ m^2
- $A_{\text{rectangle de gauche}} = 10 \times 30 = 300$ m^2
- $A_{\text{rectangle de droite}} = 35 \times 30 = 1\,050$ m^2
- $A_{\text{demi-disque}} = (\pi \times 15 \times 15) \div 2 \approx 353$ m^2
- $A_{\text{totale}} = A_{\text{triangle}} + A_{\text{rectangle de gauche}} + A_{\text{rectangle de droite}} + A_{\text{demi-disque}}$

$A_{\text{totale}} \approx 180 + 300 + 1\,050 + 353 \approx 1\,883$ m^2
$\approx 188\,300$ dm^2

L'aire de la cour de récréation est d'environ 1 883 m^2 ou bien 188 300 dm^2.

Chapitre 37 Calculer des volumes et contenances • p. 48

1 a. V = aire de la base × hauteur
$V = ((3 \times 4) \div 2) \times 7{,}5$
$V = 6 \times 7{,}5$
$V = 45\ \text{cm}^3$

b. V = aire de la base × hauteur
$V = 14 \times 9$
$V = 126\ \text{cm}^3$

c. $V = \pi \times R \times R \times$ hauteur
$V = \pi \times 6 \times 6 \times 8$
$V = 288\pi\ \text{cm}^3$

2 $V_{\text{pavé droit}}$ = aire de la base × hauteur
$= 13 \times 7 \times 6$
$= 546\ \text{m}^3$

$V_{\text{demi-cylindre}} = (\pi \times R \times R \times \text{hauteur}) \div 2$
$= (\pi \times 3{,}5 \times 3{,}5 \times 13) \div 2$
$\approx 250\ \text{m}^3$

Le demi-cylindre est couché, sa hauteur est 13 m.

$V_{\text{total}} = 546 + 250 = 796\ \text{m}^3$

3
① Calcule le volume d'un verre à moitié rempli.
② Calcule le volume de 11 verres (Paul + 10 amis).
③ Convertis en L.

$V_{\text{verre}} = \pi \times R \times R \times$ hauteur
$= \pi \times 4 \times 4 \times 5$
$= 80\pi\ \text{cm}^3$

Un verre a un volume exact de $80\pi\ \text{cm}^3$.
La moitié du volume d'un verre est :
$80\pi \div 2 = 40\pi\ \text{cm}^3$.
Paul et ses 10 amis, cela fait 11 demi-verres :
$11 \times 40\pi = 440\pi\ \text{cm}^3 \approx 1\,382\ \text{cm}^3$.
$1\,382\ \text{cm}^3 = 1{,}382\ \text{dm}^3 = 1{,}382$ L et $1{,}382\ \text{L} < 1{,}5$ L
Paul pourra servir ses amis et lui-même.

4
```
   2 1   8 5
   2̶ 2̶ h 2̶ 5̶ min
 − 2 0 h 4 2 min
 ---------------
       1 h 4 3 min
```
Le film a duré 1 h 43 min.

Chapitre 38 Convertir des unités • p. 49

1 a. 2 mg = 0,002 g
b. 3 hm = 300 m
c. 5 cL = 0,05 L
d. 12 dag = 120 g
e. 444 kcal = 444 000 cal
f. 1 864 kJ = 1 864 000 J
g. 8 Go = 8 000 000 000 o

2 a. 562 m = 5,62 hm
b. 200 g = 2 000 dg
c. 500 mL = 50 cL
d. 3,6 km = 360 dam
e. 0,073 5 kg = 73,5 g
f. 1,4 hL = 1 400 dL

3 a. 3,5 h = 210 min
b. 150 min = 2,5 h
c. 55 min = 3 300 s
d. 2,3 h = 8 280 s
e. 765 min = 12 × 60 min + 45 min = 12 h 45 min
f. 3 835 s = 3 600 s + 235 s = 1 h + 3 × 60 s + 55 s
= 1 h 03 min 55 s

BILAN Géométrie et mesures • p. 50-51

Quiz

1 Un prisme à base hexagonale

2 $P = 7{,}2$ m et $A = 2{,}88\ \text{m}^2$

Attention aux unités : 12 dm = 1,2 m.

3 27 cm

4 $\dfrac{(3+4) \times 5}{2}$ et $\dfrac{4 \times 5}{2} + \dfrac{3 \times 5}{2}$

5 0,35 m²

6 168 morceaux

7 7,65 cm³

8 300 000

9 1 000 dm³

10 12 min 30 s

Jeux et énigmes

1 Volume d'eau écoulée en litres par seconde :
750 000 × 3,785 = 2 838 750 L/s
En une minute : 1 min = 60 s
2 838 750 × 60 = 170 325 000 L/min
Nombre de baignoires :
170 325 000 ÷ 150 = 1 135 500 baignoires

2 **Pachamama** est honorée au **Machu Picchu** avec une offrande de **pommes de terre**.

C'est la cérémonie « haywasqa » (paiement à la Terre) qui a encore lieu de nos jours dans certains lieux dont le Machu Picchu, ou Cuzco.

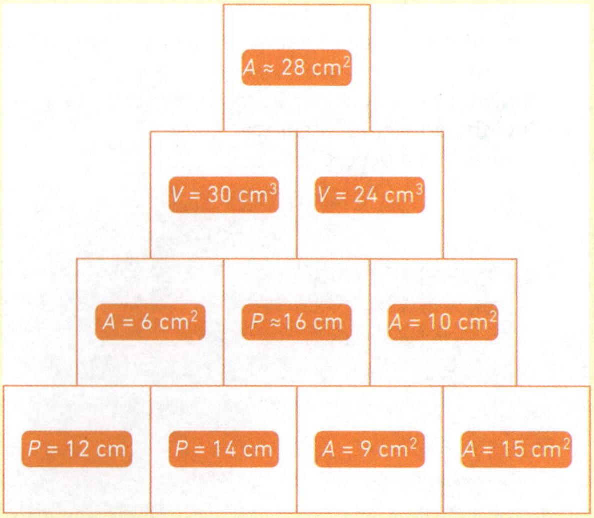

20 Résoudre des problèmes de proportionnalité

Le mémo

Pour résoudre un **problème de proportionnalité**, je peux utiliser différentes méthodes.

Problème

Méthode 1 → recherche du coefficient de proportionnalité

Nombre de chichis	3	7
Prix (en €)	8,40	

× 2,80

coefficient = 8,40 ÷ 3 = 2,80

Méthode 2 → retour à l'unité

÷ 3

Nombre de chichis	3	1
Prix (en €)	8,40	2,80

÷ 3

Méthode 3 → multiplicative

× 4

Nombre de chichis	3	12
Prix (en €)	8,40	33,60

× 4

Méthode 4 → additive

+

Nombre de chichis	3	1	4
Prix (en €)	8,40	2,80	11,20

+

> fiche 10

vidéo Lumni
hatier-clic.fr/25mat520

Les exos

1 **Complète chacune de ces situations.**

a. Si je parcours 5 km en 65 min,
alors je parcours 1 km en .... min. ÷ ....

b. Si je gagne 50 € en 3 h de travail,
alors je gagne .... € en 6 h. × ....

2 Lola a acheté un bouquet de 7 roses à 21 €. Mathis achète un bouquet de 10 de ces mêmes roses. **Combien va-t-il payer ?**

....

....

3 Dans la recette de Martin, il faut 80 g de sucre, 50 g de farine, 2 cuillères de vanille, 2 jaunes d'œufs et 1 L de lait pour obtenir 6 petits pots de crème à la vanille.
Quelle quantité de chaque ingrédient faut-il pour obtenir 9 petits pots ?

....

....

4 Estelle met 50 min pour lire 2 mangas. **Combien de temps met-elle, en heures et minutes, pour lire sa série préférée qui comporte 23 mangas ?**

....

» Corrigés p. VI

21 Utiliser une échelle

Le mémo

Qu'est-ce qu'une échelle ?

C'est le **coefficient de proportionnalité** pour passer des distances réelles aux distances sur un plan ou une carte.

Distance réelle (unité)	....
Distance sur la carte (même unité)	....

× échelle

Comment utiliser une échelle pour calculer une longueur ?

Je peux utiliser la **proportionnalité**.

EXEMPLES :

- microscope d'échelle 50 → longueurs réelles multipliées par 50
- maquette à l'échelle $\frac{1}{10}$ → longueurs réelles multipliées par $\frac{1}{10}$ (divisées par 10)

Comment calculer une échelle ?

$$\text{échelle} = \frac{\text{dimension sur le plan}}{\text{dimension réelle}}$$

Je dois exprimer les deux dimensions dans la **même unité**.

EXEMPLE : Sur une carte routière, une distance de 10 km est représentée par 4 cm.
L'échelle de la carte est :

$$\frac{4 \text{ cm}}{10 \text{ km}} = \frac{4 \text{ cm}}{1\,000\,000 \text{ cm}} = \frac{1}{250\,000}$$

> fiche 11

vidéo Lumni
hatier-clic.fr/25mat521

Les exos

★ **1 Relie chaque situation à la bonne échelle.**

a. Sur un poster, un sportif est représenté 5 fois plus petit que dans la réalité. •

b. Pour Noël, Robin a eu un microscope qui agrandit 200 fois. •

c. Le téléphone de Zara a un zoom qui agrandit 5 fois. •

d. Une maquette d'avion est 200 fois plus petite que dans la réalité. •

• 5
• $\frac{1}{200}$
• 200
• $\frac{1}{5}$

★★ **2** Sur un plan de Paris à l'échelle $\frac{1}{100\,000}$, il y a 3 cm entre l'Arc de Triomphe et l'Obélisque de la Concorde.
Quelle est la distance réelle entre ces deux monuments ?

....

....

Un coup de main ?
L'échelle est de $\frac{1}{100\,000}$ ce qui signifie que 1 cm sur le plan correspond à 100 000 cm dans la réalité.

★★★ **3** Voici ci-contre un agrandissement d'une fourmi. Dans la réalité, elle mesure 6 mm. **Quelle est l'échelle de cet agrandissement ?**

....

....

....

» Corrigés p. VI

22 Calculer un pourcentage

Le mémo

Qu'est-ce qu'un pourcentage ?

C'est une **proportion** écrite sous la forme d'une fraction de dénominateur 100.

EXEMPLE :

$15\ \% = \frac{15}{100} = 0{,}15$

Quels sont les pourcentages particuliers ?

- Le quart : $\frac{1}{4} = 0{,}25 = \mathbf{25\ \%}$
- La moitié : $\frac{1}{2} = 0{,}50 = \mathbf{50\ \%}$
- Les trois quarts : $\frac{3}{4} = 0{,}75 = \mathbf{75\ \%}$

Comment calculer un pourcentage ?

Je divise **la partie par le tout,** puis je ramène le résultat à une fraction de dénominateur 100.

EXEMPLE : 250 € sur 1 250 €, c'est :

$\frac{250}{1\,250} = 0{,}2 = \frac{20}{100} = 20\ \%$

> fiche 12

vidéo Lumni
hatier-clic.fr/25mat522

Les exos

1 ★ **Associe chaque fraction à un pourcentage de cette liste :**

20 % 50 % 10 % 25 % 75 % 80 %

a. $\frac{1}{4} =$ .... b. $\frac{10}{20} =$ .... c. $\frac{8}{80} =$ .... d. $\frac{80}{100} =$ .... e. $\frac{40}{200} =$ .... f. $\frac{30}{40} =$ ....

2 ★★ **Trouve le pourcentage qui correspond.**

a. 36 € sur 45 € : .... %
b. 144 filles sur 320 personnes : .... %
c. 30 kg sur 50 kg : .... %
d. 40 cL sur 125 cL : .... %

3 ★★ Les élèves d'une classe de 5e ont voté pour leur menu de Noël préféré.
Les menus A et B ont obtenu 9 voix chacun, le menu C en a obtenu 12.
Calcule le pourcentage de voix obtenues par chaque menu.

Un coup de main ? Commence par calculer le nombre d'élèves dans la classe.

....
....
....

4 ★★★ Pendant les soldes, Léa achète la paire de baskets ci-contre.
Quel est le pourcentage de réduction ?
Indice : commence par calculer le montant de la réduction.

....
....
....

>> Corrigés p. VI

23 Lire et représenter des données

Le mémo

Qu'est-ce qu'un tableau d'effectifs ?

C'est un tableau qui associe à chaque valeur le **nombre de fois** (effectif) où elle apparaît dans les résultats d'un sondage par exemple.

Comment lire un diagramme ?

- Dans un **diagramme en bâtons**, la hauteur du bâton donne l'effectif de la valeur représentée.
- Dans un **diagramme circulaire**, l'angle de chaque secteur est proportionnel à l'effectif de la valeur représentée.

> fiches 13 et 14

vidéo Lumni
hatier-clic.fr/25mat523

Les exos

1 ★ On a noté la couleur des voitures passant devant un arrêt de bus :
gris • gris • noir • bleu • blanc • gris • blanc • rouge • bleu • bleu • vert • noir • blanc • blanc • rouge • noir • gris • bleu • vert • bleu • noir • rouge • vert • noir • vert • noir

Complète le tableau d'effectifs.

Valeur (couleur)	blanc	gris	noir	bleu	vert	rouge
Effectif	4	....	....	....	....	....

Un coup de main ?
Le 4 déjà placé signifie qu'il y a 4 voitures blanches qui sont passées devant l'arrêt de bus.

2 ★★ Le diagramme en bâtons ci-contre indique le nombre d'enfants dans les familles bordelaises, en 2021 (d'après l'Insee).

a. **Complète le tableau** d'effectifs à partir du diagramme.

Nombre d'enfants	0	1	2	3	4 et +
Effectif (en milliers)	....	15	....	3	1

b. **Trace les bâtons manquants** grâce aux valeurs du tableau.

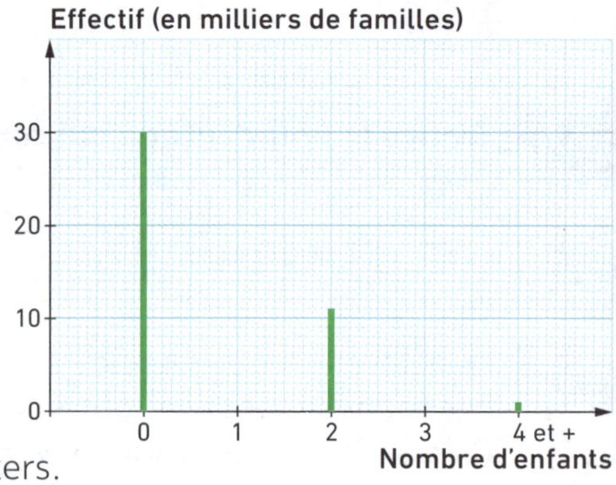

3 ★★★ On a interrogé des collégiens sur leur marque préférée de sneakers.
Suis les étapes indiquées pour représenter leurs réponses à l'aide d'un diagramme circulaire.

Marque	Nike®	Adidas®	Converse®	Vans®	Puma®	TOTAL
Effectif	25	18	8	5	4	60
Angle (°)	.... °	.... °	.... °	.... °	.... °	.... °

× ....

a. Quel angle représentera le groupe entier ? Remplis la case violette.

b. Calcule le coefficient de proportionnalité. Remplis la case bleue.

c. Calcule les angles pour chaque marque. Complète la ligne « Angle (°) ».

d. Utilise ton rapporteur pour tracer les secteurs dans le diagramme ci-contre.

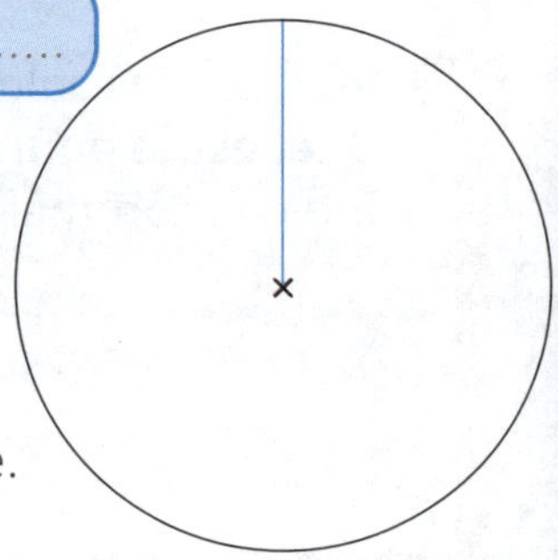

» Corrigés p. VII

24 Calculer une fréquence

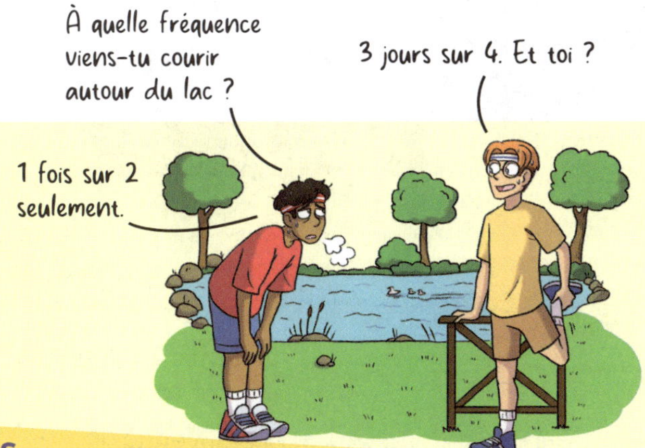

Le mémo

Comment calculer une fréquence ?

$$\text{fréquence d'une valeur} = \frac{\text{effectif de la valeur}}{\text{effectif total}}$$

EXEMPLE :

Valeur	bleu	rouge	rose	TOTAL
Effectif	8	20	12	40
Fréquence	$\frac{8}{40}$	$\frac{20}{40}$	$\frac{12}{40}$	$\frac{40}{40} = 1$

La **somme des fréquences** est toujours égale à **1** ou **100 %**.

Sous quelles formes écrire une fréquence ?

EXEMPLE : fréquence de la valeur « bleu » dans l'exemple précédent.

fraction	nombre décimal	pourcentage
$\frac{8}{40} = 8 \div 40$	= 0,20	= 20 %

› fiche 14

vidéo Lumni
hatier-clic.fr/25mat524

Les exos

★ **1** **Écris chaque fréquence sous la forme d'un nombre décimal, puis d'un pourcentage.**

Fraction	Nombre décimal	Pourcentage
$\frac{20}{40}$	....	....
$\frac{12}{40}$	....	....

★★ **2** Avec Scratch, on a simulé 600 lancers d'un dé à six faces. **Calcule les fréquences.**

Résultat	1	2	3	4	5	6	TOTAL
Effectif	99	105	111	81	102	102	**600**
Fréquence (fraction)	....	....	....	....	....	....	....
Fréquence (nombre décimal)	....	....	....	....	....	....	....
Fréquence (%)	....	....	....	....	....	....	....

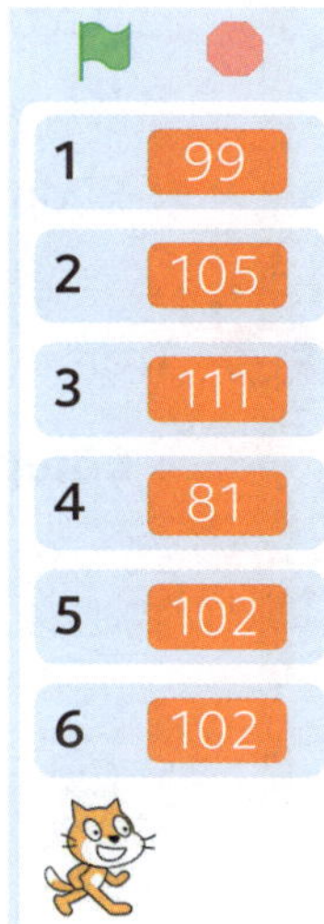

★★★ **3** Lors du passage au self, on a relevé le type de dessert choisi par les 460 élèves du collège. **Complète le tableau.**

Dessert	Fruit	Laitage	Pâtisserie	TOTAL
Fréquence	0,25	0,4	....	....
Fréquence (%)	....	....	....	....
Nombre d'élèves	....	....	....	460

Un coup de main ?
- *Que vaut la somme de toutes les fréquences ?*
- *La fréquence est proportionnelle au nombre d'élèves.*

» Corrigés p. VII

25 Calculer une moyenne

Le mémo

Comment calculer une moyenne ?

$$\text{moyenne} = \frac{\text{somme de toutes les données}}{\text{effectif total}}$$

EXEMPLE : On veut calculer la moyenne de 9 notes : 12 ; 13 ; 12 ; 12 ; 16 ; 13 ; 16 ; 12 ; 13.

- Moyenne **simple**

$$\frac{12 + 13 + 12 + 12 + 16 + 13 + 16 + 12 + 13}{9} \approx 13,2$$

- Moyenne **pondérée** (égale à la moyenne simple)

On donne un « poids » à chaque note selon l'effectif de chacune : $\frac{4 \times 12 + 3 \times 13 + 2 \times 16}{9} \approx 13,2$

Comment interpréter une moyenne ?

Une moyenne correspond à une **répartition équitable** des données.

EXEMPLE : « Dans cette entreprise, le salaire moyen est de 3 000 € » signifie que si les salaires étaient répartis équitablement, chaque salarié de l'entreprise gagnerait 3 000 €.

> fiche 14

vidéo Lumni
hatier-clic.fr/25mat525

Les exos

★ **1** Aux championnats de France de bowling, Enzo a marqué en moyenne 272,5 points sur les deux manches de la finale. **Coche la bonne interprétation.**

☐ Il a obtenu au moins 272,5 points à chaque manche.

☐ Il a obtenu exactement 272,5 points à chaque manche.

☐ Si on répartissait les points équitablement, il aurait obtenu 272,5 points à chaque manche.

★★ **2** Trois équipes ont renseigné leurs pointures de chaussures à l'entrée du bowling.

- **Équipe A**

36 ; 39 ; 38 ; 42 ; 40 ; 39 ; 41 ; 42 ; 43 ; 37.

- **Équipe B**

Pointure	38	39	42	43
Effectif	2	5	4	1

- **Équipe C**

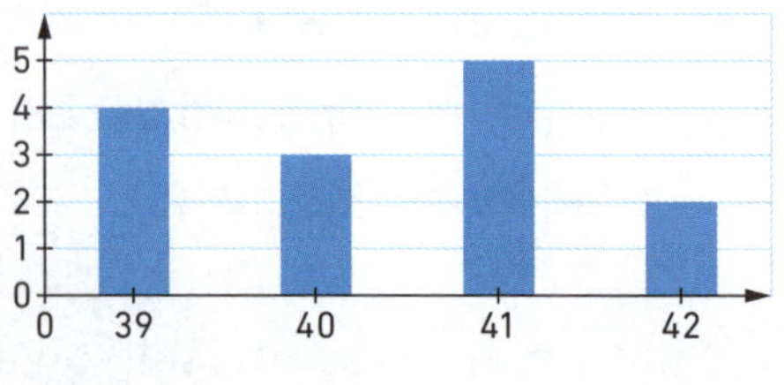

a. Calcule la **moyenne simple** des pointures de l'équipe A.

....

....

b. Calcule la **moyenne pondérée** des pointures de l'équipe B.

....

c. Calcule la **moyenne pondérée** des pointures de l'équipe C.

....

....

Un coup de main ?
Dans chaque équipe, trouve d'abord le nombre de personnes pour chaque pointure, puis le nombre total de personnes.

>> Corrigés p. VII

26 Déterminer une probabilité

Le mémo

Qu'est-ce qu'une probabilité ?

- La probabilité d'un événement est un **nombre compris entre 0 et 1** qui permet de mesurer les chances que l'événement se produise.
- Événement rare : probabilité proche de 0.
  Événement fréquent : probabilité proche de 1.

Comment calculer la probabilité d'un événement ?

En cas **d'équiprobabilité** :

$$P(\text{« événement »}) = \frac{\text{nombre d'issues favorables}}{\text{nombre total d'issues}}$$

> fiche 15

vidéo Lumni
hatier-clic.fr/25mat526

Les exos

1 ★ **Place la lettre associée à chaque événement sur l'échelle des probabilités.**

- **T** : « Piocher un jeton rouge dans un lot de jetons tous noirs. »
- **G** : « Faire plus de 2 en lançant un dé 6 faces. »
- **R** : « Parmi les 4 as d'un jeu de carte, piocher l'as de cœur. »
- **I** : « Faire un double 6 en lançant deux dés à 6 faces. »
- **E** : « Obtenir moins de 10 en lançant un dé à 6 faces. »
- **A** : « Obtenir Face à Pile ou Face. »

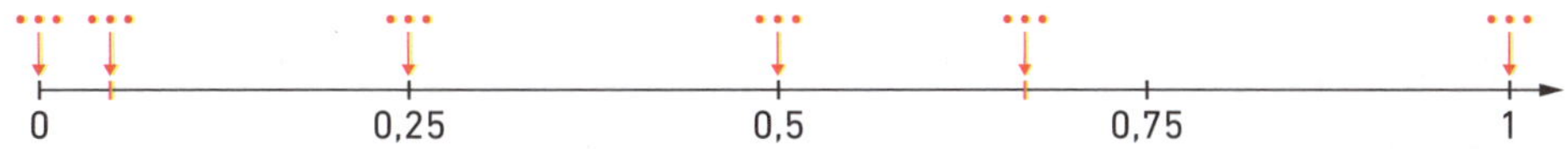

2 ★★ On fait tourner la roue ci-contre et on regarde la couleur indiquée par la flèche.
Quelles sont les issues ?

....

3 ★★ Dans la boîte opaque ci-contre, on pioche une boule au hasard. **Détermine les probabilités suivantes.**

a. P(« boule rouge ») = ... b. P(« boule noire ») = ...
c. P(« boule jaune ») = ... d. P(« boule pas noire ») = ...

Un coup de main ? Combien y a-t-il de boules en tout ? d. Combien ne sont pas noires ?

4 ★★★ Les 6 cartes ci-contre sont placées faces cachées sur la table. Nina a deux 7 dans son jeu. Pour gagner la partie, elle doit piocher le troisième 7 et former un trio de cartes identiques.

La probabilité qu'elle gagne est-elle importante ?

Un coup de main ? Combien de cartes lui permettront de gagner ? Sur combien de possibilités ?

....

....

» Corrigés p. VII

BILAN
Organisation et gestion de données

Le quiz battle
hatier-clic.fr/25mat5b3

Le Quiz

*Vérifie que tu as bien retenu les points clés des **chapitres 19 à 26**.*

1 Reconnaître une situation de proportionnalité

Masse (en kg)	3	5
Prix (en €)	5,58	9,30

Les deux grandeurs sont-elles proportionnelles ?

☐ oui ☐ non ☐ On ne peut pas savoir.

2 Résoudre un problème de proportionnalité

Matthieu a couru 2 km en 12 min.
S'il continue à ce rythme, combien de temps lui faudra-t-il pour courir 5 km de plus ?

☐ 42 min ☐ 30 min ☐ 15 min

3 Utiliser une échelle (1)

Le mât d'un bateau mesure 30 m. Combien va-t-il mesurer sur une maquette à l'échelle $\frac{1}{120}$?

☐ 2,5 cm ☐ 25 cm ☐ 120 cm

4 Utiliser une échelle (2)

La distance entre Bordeaux et Londres est de 1 000 km. Sur un plan, on mesure 8 cm entre ces deux villes. **Quelle est l'échelle de ce plan ?**

☐ $\frac{8}{1\,000}$ ☐ $\frac{1}{125\,000}$ ☐ $\frac{1}{12\,500\,000}$

5 Calculer un pourcentage

Dans un collège comptant 350 élèves, 294 élèves sont externes.
Quel est le pourcentage d'élèves externes ?

☐ 56 % ☐ 84 % ☐ 16 %

6 Lire et représenter des données

Un professeur a représenté les notes de ses élèves dans ce diagramme en bâtons.

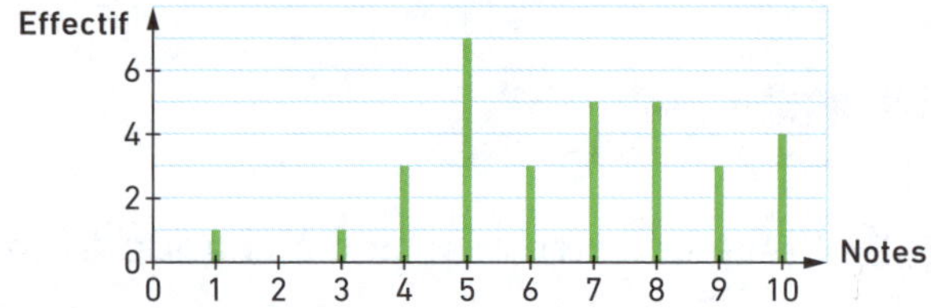

Combien d'élèves ont eu une note supérieure ou égale à 8 ?

☐ 12 ☐ 3 ☐ 7

7 Calculer une fréquence

J'ai lancé 40 fois un dé et le 2 est sorti 8 fois.
Quelle est la fréquence d'apparition du 2 ?

☐ 0,05 ☐ 0,2 ☐ 0,25

8 Calculer une moyenne pondérée

Ce tableau répertorie le prix des tickets vendus dans un cinéma durant une heure.

Prix du ticket	6 €	8 €	11 €
Effectif	10	40	50

Quel est le prix moyen d'un ticket ?

☐ environ 8,33 € ☐ 310 € ☐ 9,30 €

9 Calculer une probabilité

Quelle est la probabilité d'avoir une dame rouge dans un jeu classique de 52 cartes ?

☐ $\frac{2}{4}$ ☐ $\frac{4}{52}$ ☐ $\frac{2}{52}$

» Corrigés p. VIII Score : ...... /9

Jeux et énigmes

L'alphabet nordique

Le «**vieux Futhark**» est la plus ancienne forme d'alphabet runique, il a été utilisé par les peuples germaniques et scandinaves du IIe au VIIIe siècle.

ᛟᚾ ᚱᛖᛏᚱᛟᚢᚹᛖ ᚲᛖᛊ ᛁᚾᛊᚲᚱᛁᛈᛏᛁᛟᚾᛊ

ᛊᛟᚢᛊ ᚠᛟᚱᛗᛖ ᛞᛖ ᛏᛖᚲᛊᛏᛖᛊ ᛒᚱᛖᚠᛊ

ᚨ ᛚᚨ ᛊᚢᚱᚠᚨᚲᛖ ᛞ'ᛟᛒᛃᛖᛏᛊ ᚹᚨᚱᛁᛖᛊ :

ᛒᛁᛃᛟᚢᚲᛊ, ᛈᛖᛁᚷᚾᛖᛊ, ᚨᛗᚢᛚᛖᛏᛏᛖᛊ,

ᛟᚢᛏᛁᛚᛊ, ᚨᚱᛗᛖᛊ, ᛈᛁᛖᚱᚱᛖᛊ ᚱᚢᚾᛁᚲᚢᛖᛊ

Pour décoder le message précédent :

1. Odin a complété une partie du tableau ci-dessous avec les effectifs et les fréquences d'apparition des symboles. Aide-le à terminer.
2. Traduis les symboles connus dans le texte.
3. Retrouve la traduction des symboles restants.

Indice

1. Il y a au total 118 lettres.
ᚲᛊ compte pour une seule lettre : le X.
2. Dans un texte en français, la lettre la plus fréquente est le E, et la consonne la plus fréquente est le S.

Rune	ᚠ	ᚢ	ᚦ	ᚨ	ᚱ	ᚲ	ᚷ	ᚹ	ᚺ	ᚾ	ᛁ
Effectifs	3		0	6	11	4	1	2		5	9
Fréquence %	2,5		0	5	9,3	3,4	0,8	1,7		4,2	7,6
Lettre(s)	F		TH	A	R	K, C, Q	G	V	H	N	I

Rune	ᚲᛊ	ᛃ	ᛈ	ᛉ	ᛊ	ᛏ	ᛒ	ᛖ	ᛗ	ᛚ	ᛞ	ᛟ
Effectifs	2		3	0			3		3	3	2	8
Fréquence %	1,7		2,5	0			2,5		2,5	2,5	1,7	6,8
Lettre	X		P	Z			B		M	L	D	O

» Corrigés p. VIII

27 Utiliser la symétrie centrale

Le mémo

Quel lien entre symétrique et milieu ?

Si A′ est le symétrique de A par rapport à C, alors C est le **milieu** de [AA′].

EXEMPLE :

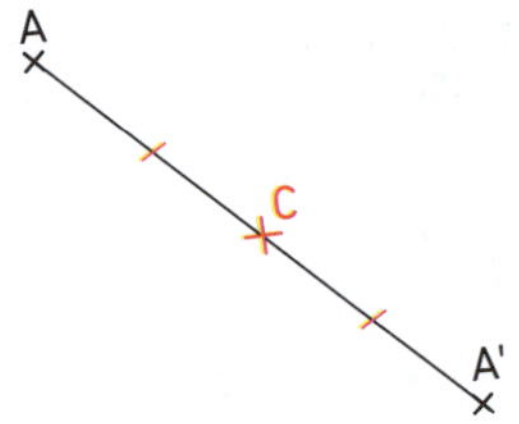

Comment construire le symétrique d'une figure ?

- Sur papier **blanc**, je construis les symétriques de chaque point de la figure par rapport au centre de symétrie.
- Sur papier **quadrillé**, il me suffit de construire le symétrique de quelques points, puis de m'aider du quadrillage pour finir de construire la figure.

Quelles sont les propriétés de deux figures symétriques ?

- La symétrie centrale conserve :
  - l'**alignement** : les symétriques de points alignés sont aussi alignés ;
  - les **mesures d'angles** : deux angles symétriques sont de même mesure ;
  - les **longueurs** : deux segments symétriques sont de même longueur ;
  - les **aires** et les **périmètres** : deux figures symétriques ont même aire et même périmètre.
- Le symétrique d'une droite par rapport à un point est une droite qui lui est **parallèle**.

> fiche 16

vidéo Lumni
hatier-clic.fr/25mat527

Les exos

1 ★ **Trace le symétrique du triangle par rapport à O.**

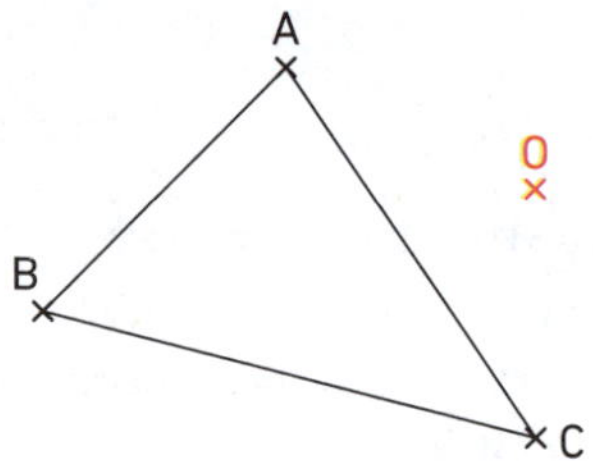

2 ★★ **Trace le symétrique du bateau par rapport à O.**

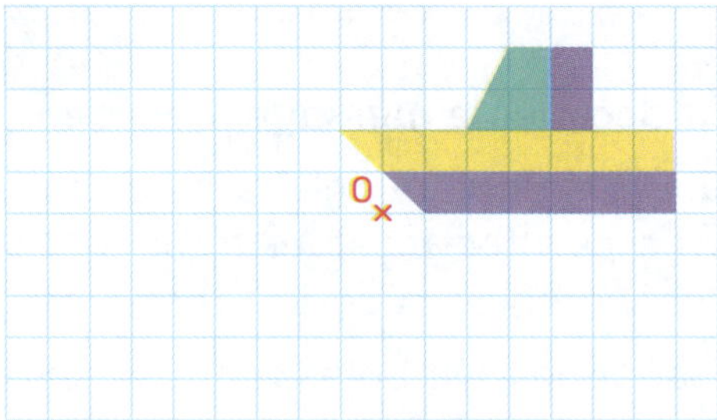

3 ★★★ Les figures ABCDEFG et A′B′C′D′E′F′G′ sont symétriques par rapport à O. **Complète.**

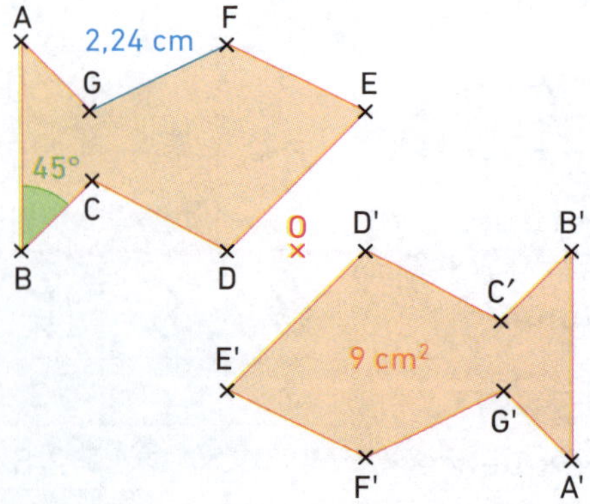

a. La symétrie centrale conserve les mesures d'angles donc $\widehat{A'B'C'}$ = ...

b. La symétrie centrale conserve les .... donc F′G′ = ...

c. La symétrie centrale conserve les .... donc l'aire $\mathcal{A}_{ABCDEFG}$ = ...

d. Le périmètre $\mathcal{P}_{ABCDEFG} \approx 15{,}4$ cm. La symétrie centrale conserve les périmètres donc ....

e. (DE) // (......)   (AB) // (......)   (C′D′) // (......)

>> Corrigés p. VIII

28 Reconnaître des axes ou un centre de symétrie

Le mémo

Comment reconnaître une symétrie axiale ?

- En reliant les points qui se correspondent, j'obtiens des **segments parallèles**.
- Leur médiatrice commune est l'**axe** de la symétrie.

EXEMPLE :

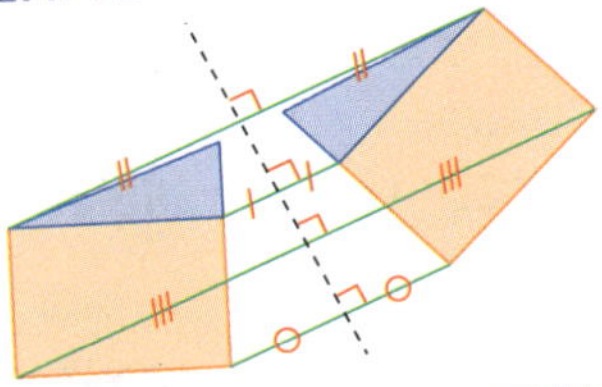

Comment reconnaître une symétrie centrale ?

- En reliant les points qui se correspondent, on obtient des **segments de même milieu**.
- Ce milieu est le **centre** de la symétrie.

EXEMPLE :

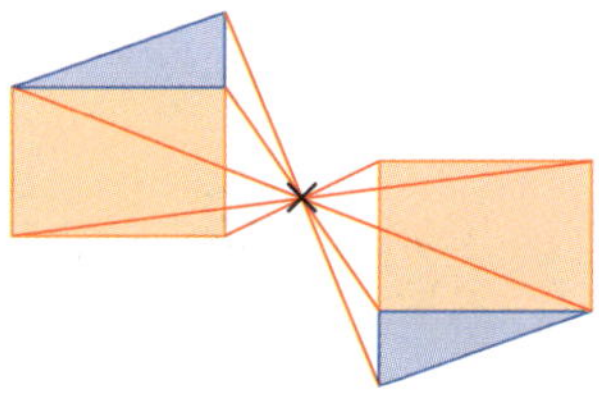

Comment savoir si une figure admet un axe ou un centre de symétrie ?

Une figure admet un axe (ou un centre) de symétrie lorsqu'elle **se superpose à elle-même** lors d'une symétrie axiale (ou centrale).

EXEMPLE : Ce flocon admet 4 axes et un centre de symétrie, le point C.

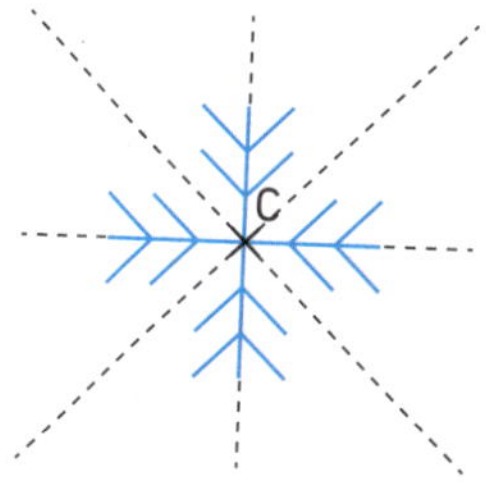

> fiche 16

vidéo Lumni
hatier-clic.fr/25mat528

Les exos

1 ★ a. Trace l'axe de la symétrie.

b. Place le centre de la symétrie.

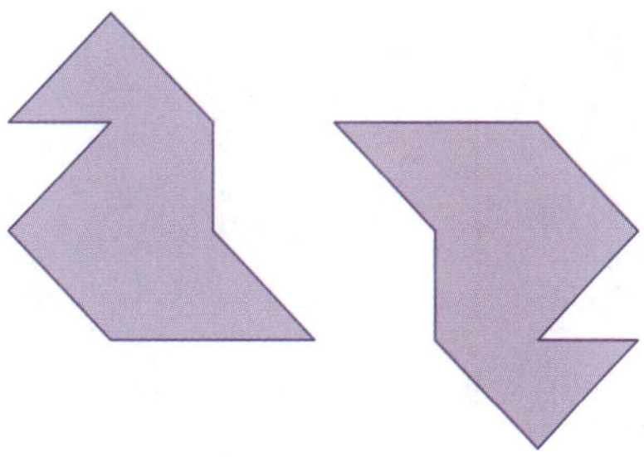

Un coup de main ? Tu peux relier des points symétriques pour trouver l'élément caractéristique.

2 ★★ Trace les axes de symétrie et les centres de symétrie lorsqu'ils existent.

a.

b.

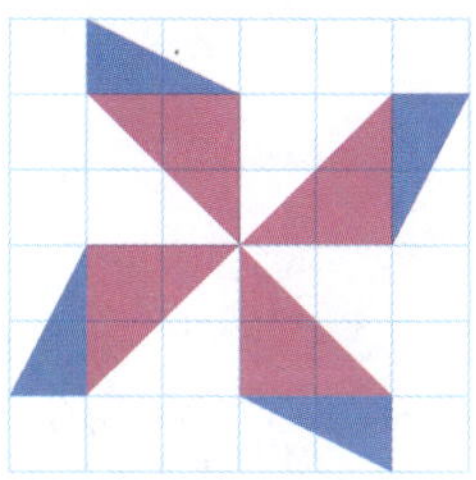

c.

d.

>> Corrigés p. VIII

29 Calculer des angles

Le mémo

Que se passe-t-il lorsque les droites sont parallèles ?

Si je sais que les droites sont **parallèles**, alors je peux affirmer que les angles alternes-internes (et correspondants) sont **égaux**.

EXEMPLE :

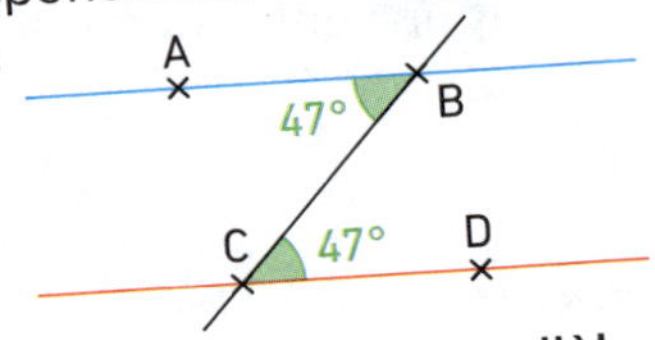

Comme (AB) et (CD) sont **parallèles**, alors $\widehat{ABC} = \widehat{BCD}$.

Comment démontrer que des droites sont parallèles ?

Si je trouve deux angles alternes-internes (ou correspondants) qui sont **égaux**, alors je peux affirmer que les droites sont **parallèles**.

EXEMPLE :

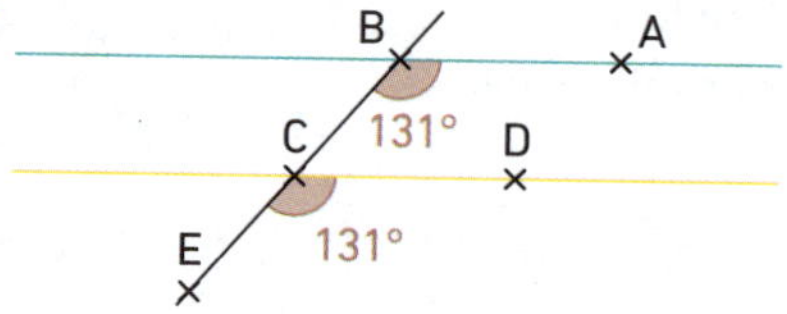

Comme $\widehat{ABC} = \widehat{DCE}$, alors (AB) et (CD) sont **parallèles**.

> fiche 17

Les exos

★ **1** **Donne le type d'angles (opposés par le sommet, alternes-internes ou correspondants), puis indique s'ils sont égaux.** Aide : lis d'abord les définitions et propriétés de la fiche 17.

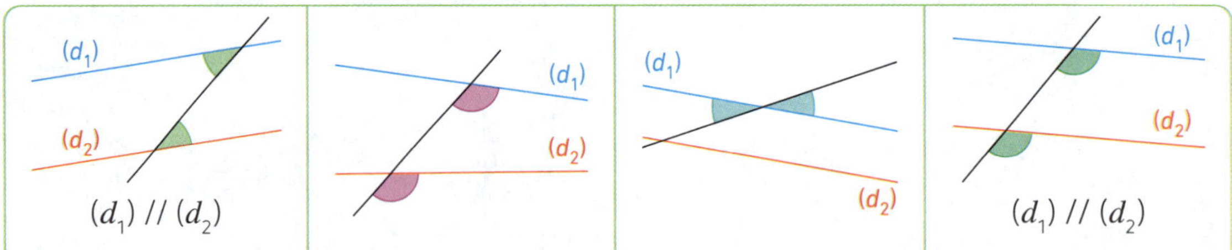

Type d'angles	....	....	....	....
Égaux ?	☐ Oui ☐ Non	☐ Oui ☐ Non	☐ Oui ☐ Non	☐ Oui ☐ Non

★★ **2** **Complète toutes les mesures d'angles sachant que $(d_1) // (d_2)$.**

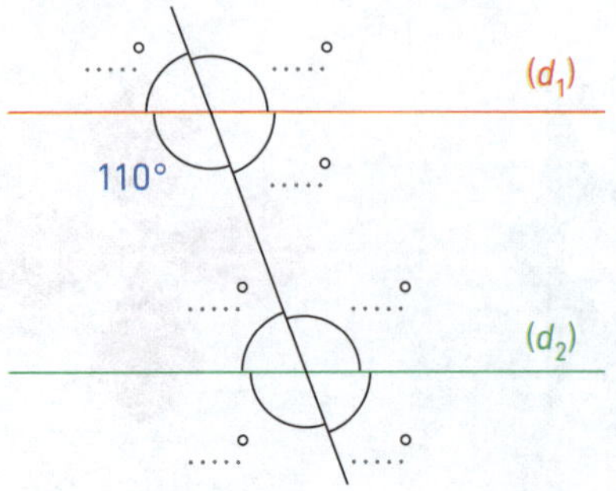

★★★ **3** **Explique pourquoi les droites (AC) et (FD) sont parallèles.**
Aide : souviens-toi qu'un angle plat mesure 180°.

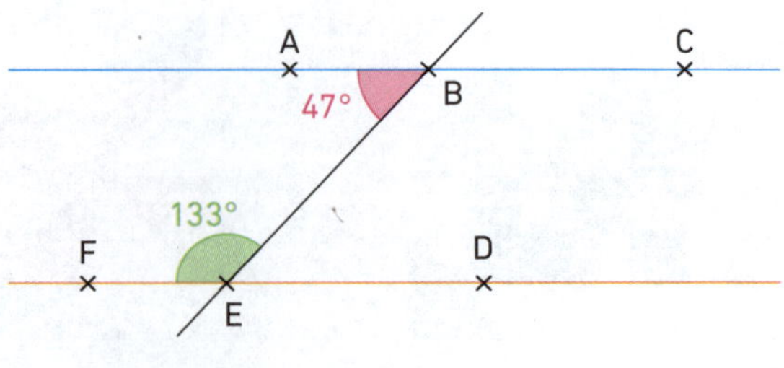

....

....

» Corrigés p. IX

30 Utiliser l'inégalité triangulaire

Le mémo

Comment construire un triangle dont on connaît les trois longueurs ?

EXEMPLE : Construire un triangle dont les longueurs sont 5 cm, 4 cm et 2 cm.

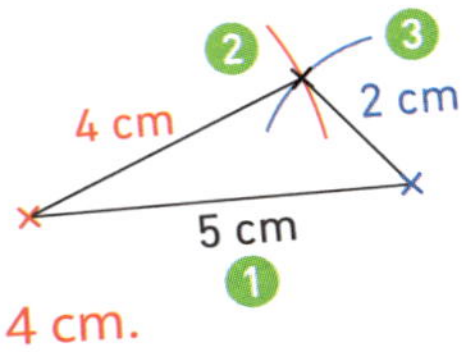

1. Je trace le côté de 5 cm.
2. Je trace le premier arc de cercle de rayon 4 cm.
3. Je trace l'autre arc de cercle de rayon 2 cm.
4. Je termine de tracer le triangle.

Comment savoir si un triangle est constructible quand on connaît les trois longueurs ?

J'additionne les longueurs des deux plus petits côtés. Si cette somme est **plus grande** que la longueur du troisième côté, alors le triangle est constructible.

EXEMPLE : On peut construire un triangle dont les dimensions sont 8 cm, 7 cm et 12 cm car $8 + 7 = 15 > 12$.

> fiche 18

vidéo Lumni
hatier-clic.fr/25mat530

Les exos

1 ★ **Construis ces triangles sur ton cahier de brouillon.**

a. JET tel que JE = 4,7 cm, JT = 3,2 cm et TE = 2,6 cm.

b. SKI tel que SK = 5,5 cm, SI = 3,8 cm et IK = 3,2 cm.

Un coup de main ? Dans l'exercice 2, commence par repérer le plus grand côté !

2 ★★ Voici des triangles tracés à main levée.
Peut-on les construire avec les instruments de géométrie ?

a.

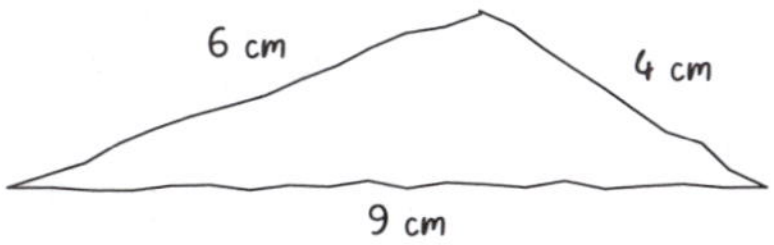

Calcul : ....

☐ Oui ☐ Non

b.

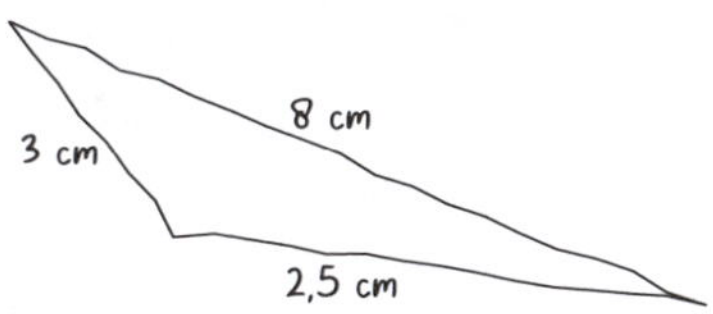

Calcul : ....

☐ Oui ☐ Non

c.

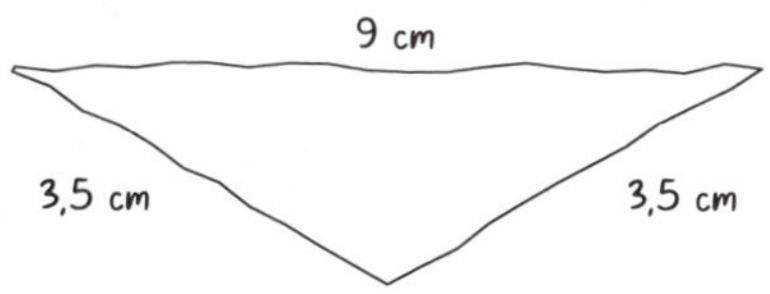

Calcul : ....

☐ Oui ☐ Non

3 ★★★ a. **Associe chaque triangle à son script.**

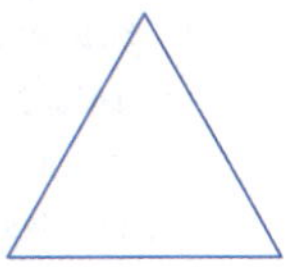

....

....

(1)

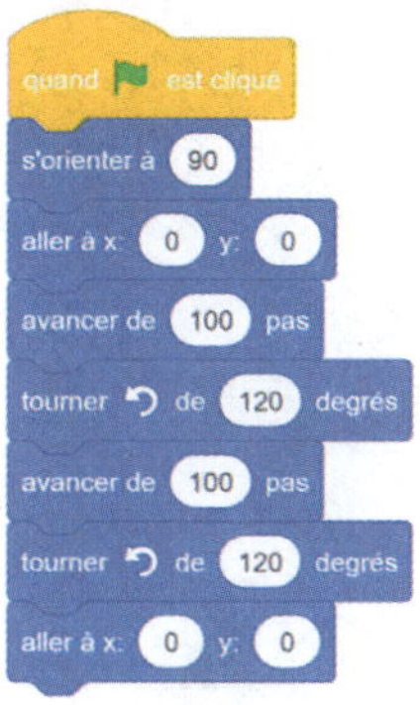

(2)

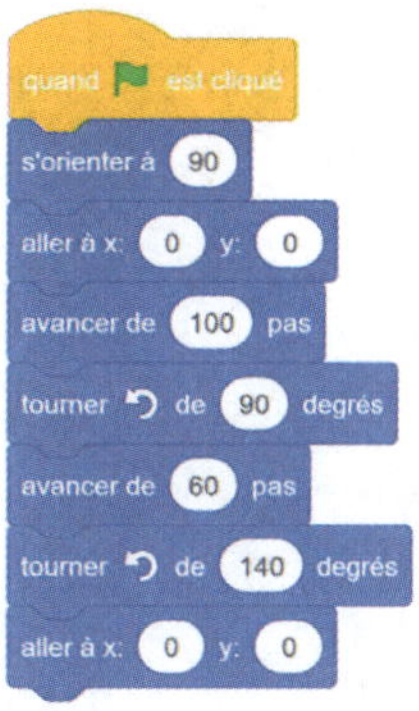

b. **On veut construire un triangle : quel est le problème avec ce script ?**

....
....
....
....
....
....
....

>> Corrigés p. IX

31 Utiliser la somme des angles dans un triangle

Le mémo

Quelle est la somme des angles dans un triangle ?

Dans un triangle, la somme des mesures des angles est égale à **180°**.

EXEMPLE :

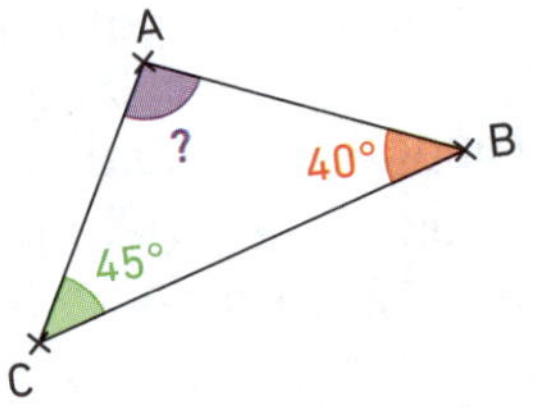

$\widehat{CAB} = 180 - (45 + 40) = 95°$

Quelle particularité ont les angles d'un triangle isocèle ?

Dans un triangle isocèle, les **angles à la base** sont de même mesure.

EXEMPLE :

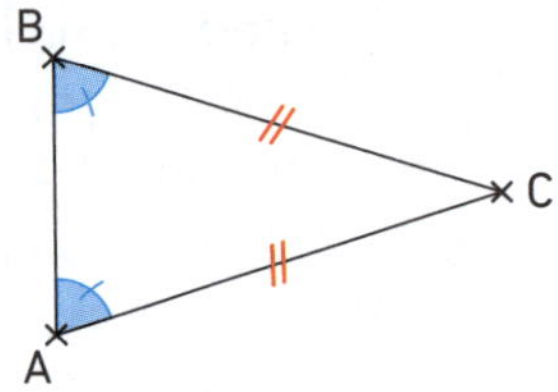

$\widehat{CBA} = \widehat{BAC}$

Quelle particularité ont les angles d'un triangle équilatéral ?

Dans un triangle équilatéral, **chacun des angles** mesure 60°.

EXEMPLE :

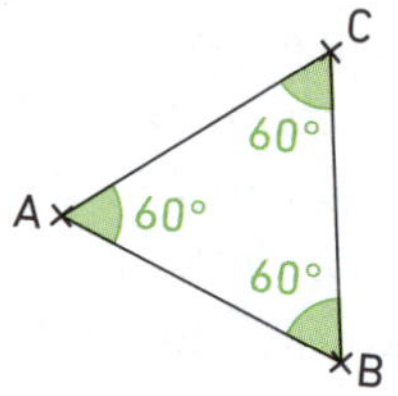

$\widehat{CBA} = \widehat{BAC} = \widehat{ACB} = 60°$

> fiche 18

vidéo Lumni
hatier-clic.fr/25mat531

Les exos

1 ★ Lilou a construit ces triangles à main levée sur son cahier de brouillon.
Peut-elle les construire avec ses instruments de géométrie sur son cahier ?

a.

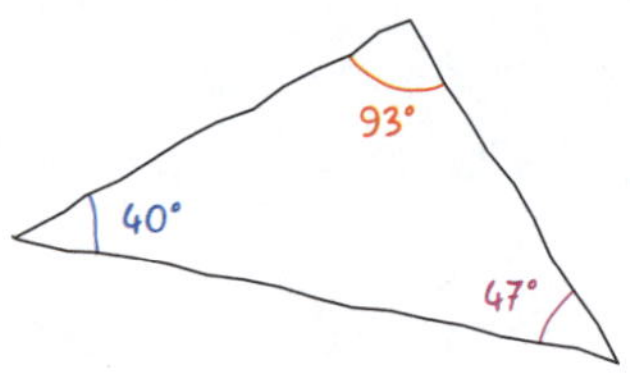

Calcul : ....

☐ Oui ☐ Non

b.

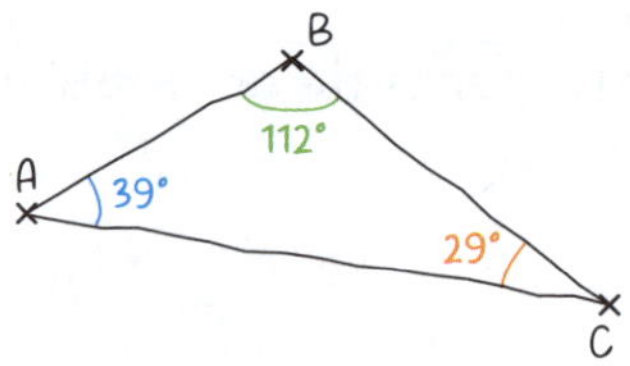

Calcul : ....

☐ Oui ☐ Non

c.

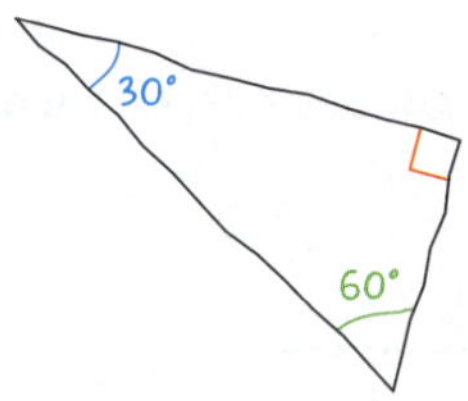

Calcul : ....

☐ Oui ☐ Non

2 ★★ **Calcule les mesures d'angles manquantes.**

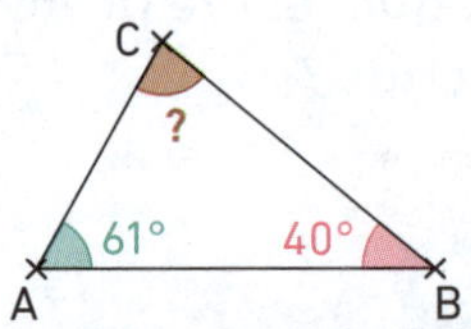

a. ....

....

....

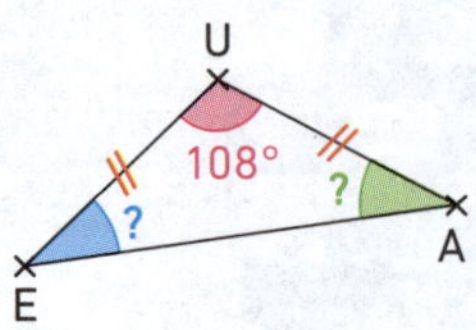

b. ....

....

....

3 ★★★ **Trouve tous les angles, sachant que P, L et A sont alignés.**

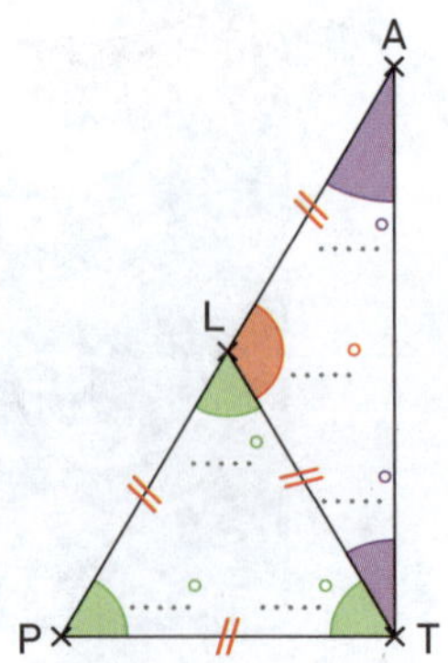

Un coup de main ?
· Trouve d'abord les angles du triangle PLT.
· Combien mesure $\widehat{PTA}$? Et donc combien mesure $\widehat{LTA}$?

» Corrigés p. IX

32 Reconnaître des parallélogrammes

Le mémo

Comment reconnaître un parallélogramme ?

Si un **quadrilatère** a…

- *définition* → ses côtés opposés deux à deux parallèles…

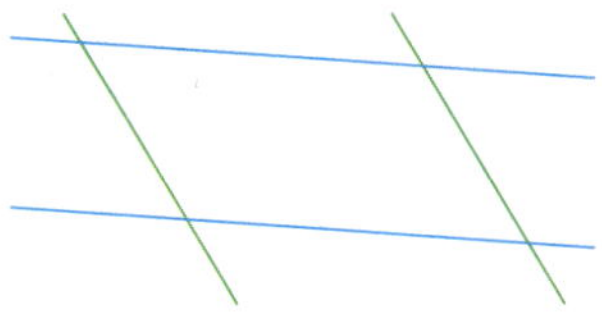

- *propriété* → ses diagonales qui se coupent en leur milieu…

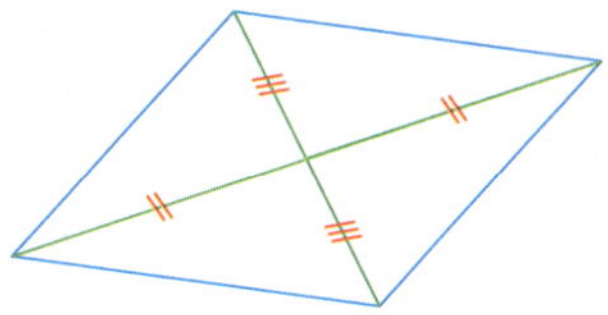

- *propriété* → ses côtés opposés deux à deux de même longueur…

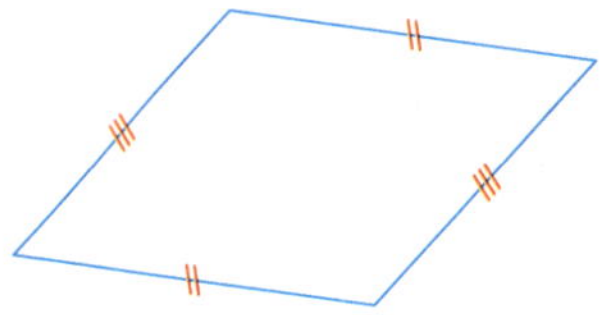

alors c'est un **parallélogramme**.

> fiche 19

Les exos

1 ★ Voici des schémas à main levée de quadrilatères. **Entoure les parallélogrammes.**

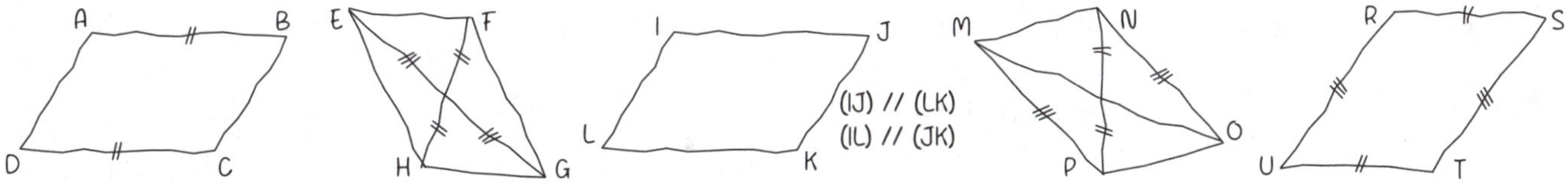

2 ★★ **Dans chaque cas, écris la propriété qui permet de démontrer que le quadrilatère est un parallélogramme.**

a. ROSE est un quadrilatère tel que RO = ES = 5 cm et OS = RE = 7,4 cm.

....

b. NOIR est un quadrilatère de centre B tel que NB = BI = 3 cm et RB = BO = 5 cm.

....

3 ★★★ MAT est un triangle tel que AT = 4 cm ; TM = 6 cm et MA = 7 cm. On note O le milieu de [MT]. Le point H est le symétrique du point A par rapport au point O. **Démontre que le quadrilatère MATH est un parallélogramme.**

....

....

> *Un coup de main ?* Fais une figure à main levée et code les égalités de longueurs.

>> Corrigés p. IX

33 Construire des parallélogrammes

Le mémo

Comment construire un parallélogramme en utilisant la propriété des diagonales ?

EXEMPLE : Placer le point D tel que ABCD soit un parallélogramme.

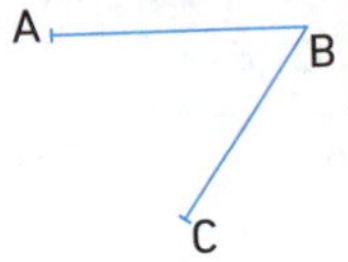

❶ Je trace le point O milieu de la diagonale [AC].

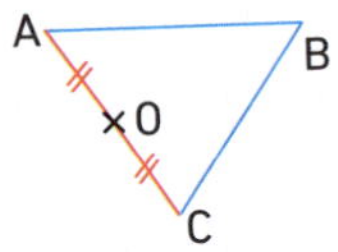

❷ Je trace [BO) et place le point D tel que BO = OD.

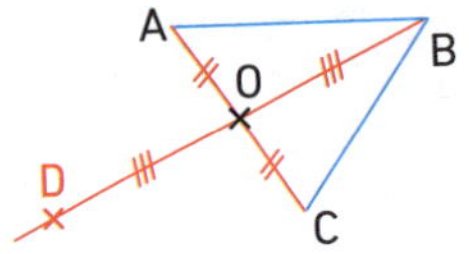

❸ Je trace les segments [AD] et [CD].

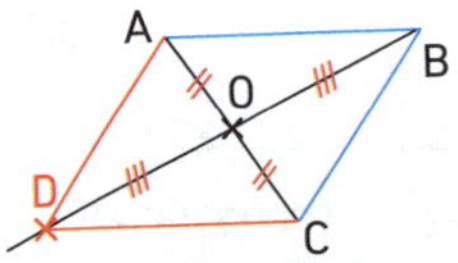

Comment construire un parallélogramme en utilisant la propriété des côtés opposés ?

EXEMPLE : Placer le point D tel que ABCD soit un parallélogramme.

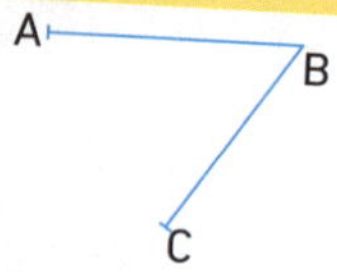

❶ Je reporte la longueur AB à partir du point C.

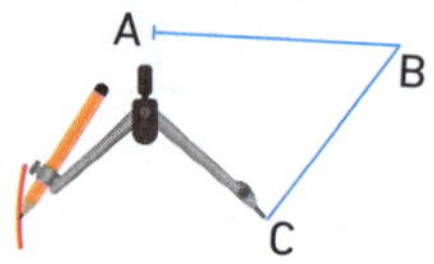

❷ Je reporte la longueur BC à partir du point A. J'obtiens le point D.

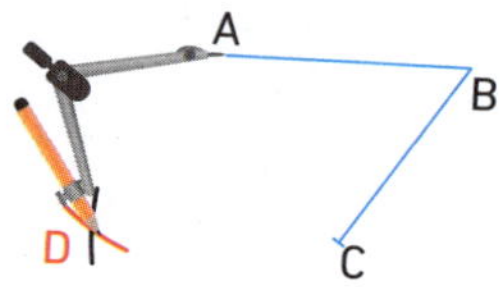

❸ Je trace les segments [AD] et [CD].

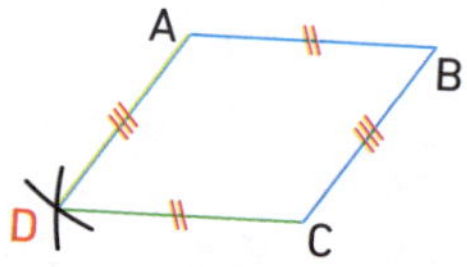

> fiche 19

▶ vidéo Lumni
hatier-clic.fr/25mat533

Les exos

★ **1** **Construis sur une feuille blanche les deux parallélogrammes et coche la propriété utilisée.**

a.

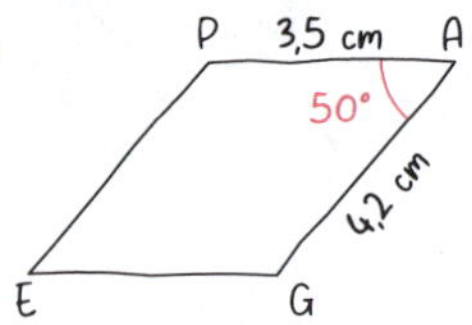

☐ la propriété des diagonales (n° 1)
☐ la propriété des côtés opposés (n° 2)

b.

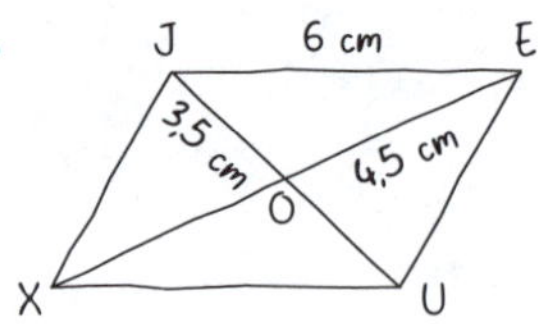

☐ la propriété des diagonales (n° 1)
☐ la propriété des côtés opposés (n° 2)

★★ **2** La professeure demande de tracer le parallélogramme ABCD tel que : AB = 7 cm ; AC = 8 cm et $\widehat{BAC} = 40°$.
Alice commence par tracer le schéma à main levée ci-contre.
Explique son erreur.

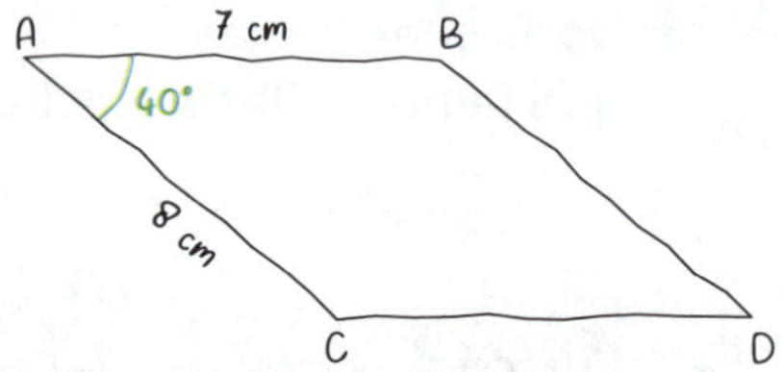

....

★★★ **3** **Construis sur une feuille blanche les parallélogrammes en utilisant la propriété des diagonales.**

a. Le parallélogramme ENZO de centre D tel que : EN = 4,5 cm, ED = 6 cm et ND = 2 cm.

b. Le parallélogramme ROMY de centre P tel que : RP = 4 cm, PO = 3,5 cm et $\widehat{RPO} = 120°$.

Un coup de main ? Applique la 2ᵉ méthode de la fiche 19.

>> Corrigés p. X

34 Reconnaître un quadrilatère particulier

Le mémo

Comment reconnaître un quadrilatère particulier grâce à sa définition ?

Un **quadrilatère** qui a :

- 4 angles droits est un **rectangle** ;
- 4 côtés de même longueur est un **losange** ;
- 4 angles droits et 4 côtés de même longueur est un **carré**.

Comment reconnaître un quadrilatère particulier grâce à ses propriétés ?

- Si un **parallélogramme** a soit ses diagonales de même longueur, soit 1 angle droit, alors c'est un **rectangle**.
- Si un **parallélogramme** a soit ses diagonales perpendiculaires, soit 2 côtés consécutifs de même longueur, alors c'est un **losange**.
- Si un **parallélogramme** est à la fois un rectangle et un losange, alors c'est un **carré**.

> fiche 19

Les exos

1 Voici ci-dessous une suite de parallélogrammes tracés à main levée.

Retrouve parmi eux :

- un rectangle : ....
- un losange : ....
- un carré : ....

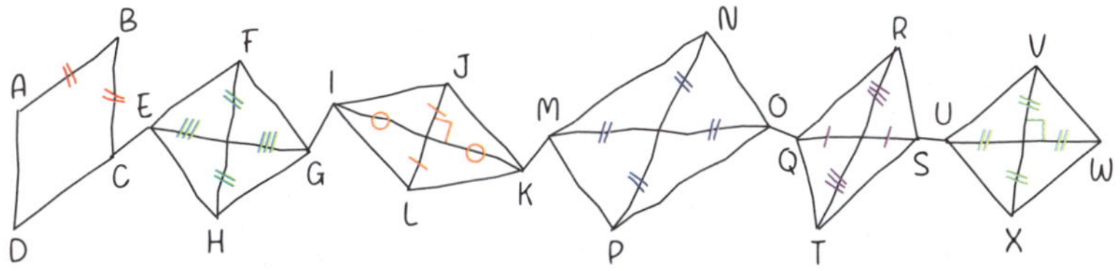

2 On a tracé ci-contre les diamètres [AB] et [CD] d'un cercle de centre O et de rayon 1,7 cm.

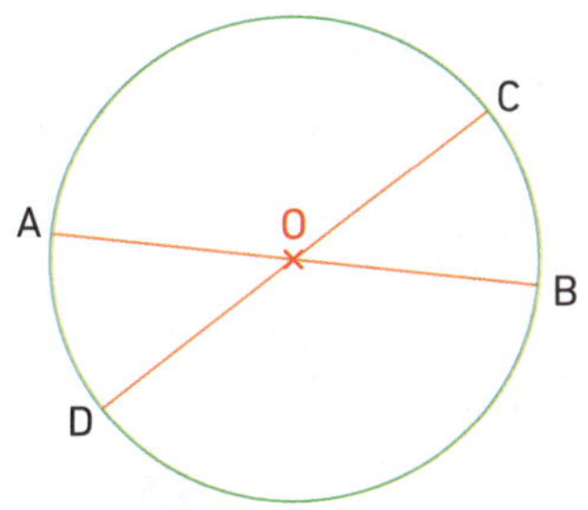

a. **Quelle propriété** permet d'affirmer que le quadrilatère ACBD est un parallélogramme ? ....

....

b. **Quelle propriété** permet d'affirmer que le parallélogramme ACBD est un rectangle ? ....

....

3 Le triangle RST est un triangle isocèle en R tel que RS = 6 cm et ST = 5 cm.

a. **Trace le triangle** sur une feuille blanche, puis **place le point V** pour que le quadrilatère RTVS soit un parallélogramme.

b. **Quelle est la nature** du parallélogramme RTVS ? Justifie.

....

....

....

Un coup de main ?
a. Utilise la méthode de la fiche 19 ou du chapitre 33.
b. La nature peut être un rectangle ou un losange ou un carré.

>> Corrigés p. X

BILAN

Géométrie et mesures

Le quiz battle
hatier-clic.fr/25mat5b4

Le Quiz

Vérifie que tu as bien retenu les points clés des ***chapitres 27 à 34****.*

1 Utiliser la symétrie centrale

Dans quel cas les figures sont-elles symétriques par rapport à O ?

☐ 

☐ 

☐ 

2 Reconnaître des axes et des centres de symétrie

Quelle carte a un centre de symétrie mais pas d'axe de symétrie ?

☐ 

☐ 

☐ 

3 Calculer des angles (1)

Quelle est la mesure de l'angle $\widehat{ACD}$?

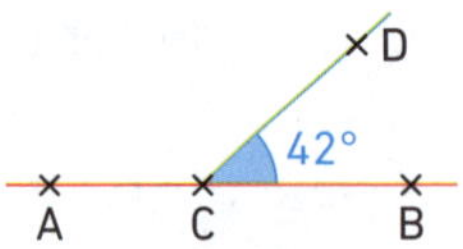

☐ 48° ☐ 58° ☐ 138 °

4 Calculer des angles (2)

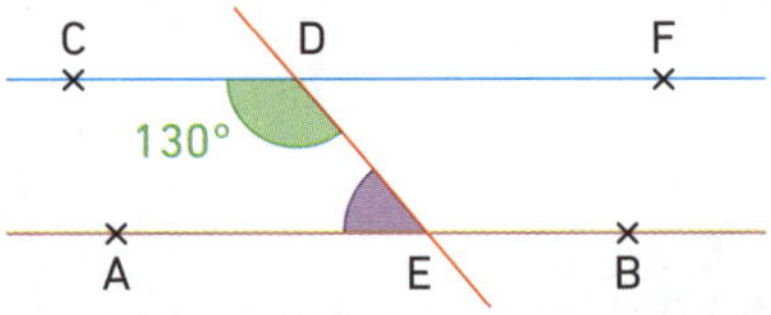

(CF) // (AB)

Quelle est la mesure de l'angle $\widehat{AED}$?

☐ 130° ☐ 20° ☐ 50°

5 Utiliser l'inégalité triangulaire

Quelle peut être la longueur du troisième côté d'un triangle lorsque les longueurs des deux autres côtés sont 7 cm et 2 cm ?

☐ 6 cm ☐ 4 cm ☐ 10 cm

6 Utiliser la somme des angles d'un triangle

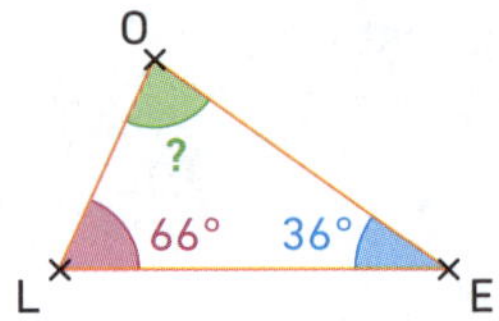

Quelle est la mesure de l'angle $\widehat{LOE}$?

☐ 66° ☐ 98° ☐ 78°

7 Reconnaître des parallélogrammes (1)

ABCD est un quadrilatère de centre O tel que AO = OC et BO = OD. **Quelle propriété permet d'affirmer que ABCD est un parallélogramme ?**

☐ Les côtés opposés sont 2 à 2 de même longueur.

☐ Les diagonales se coupent en leur milieu.

☐ Les côtés opposés sont 2 à 2 parallèles.

8 Reconnaître des parallélogrammes (2)

Si un quadrilatère a ses diagonales de même longueur, alors c'est un parallélogramme.

☐ Vrai ☐ Faux

9 Reconnaître un quadrilatère particulier

Si un quadrilatère a ses côtés opposés parallèles et ses diagonales perpendiculaires, alors c'est un :

☐ rectangle ☐ losange ☐ carré

» Corrigés p. XI **Score :** .... /9

Quel score as-tu obtenu ? Continue à te tester en ligne, avec le quiz battle !

Jeux et énigmes

1 Distance à vol d'oiseau

Quelle est la distance à vol d'oiseau entre Nouakchott (Mauritanie) et Gaboronne (Botswana) ?

☐ 5 897 km ☐ 6 567 km

☐ 9 968 km ☐ 10 088 km

Indice

Tu peux utiliser l'inégalité triangulaire.

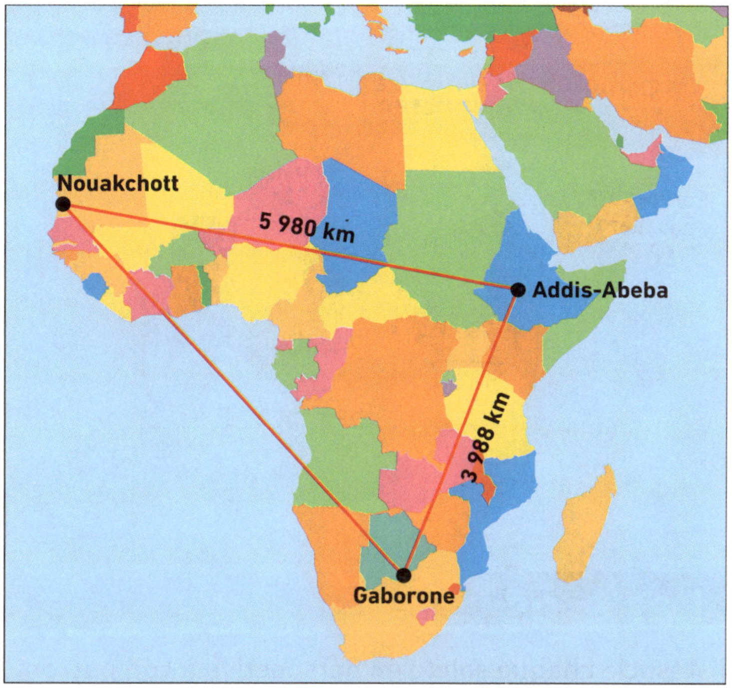

2 Symboles philosophiques Adinkra

Retrouve les axes et/ou le centre de symétrie, lorsqu'il y en a, dans ces symboles Adinkra.

Ce sont des symboles originaires d'Afrique de l'Ouest qui représentent des grands concepts.

» Corrigés p. XI

35 Construire un patron d'un prisme ou d'un cylindre

Le mémo

Comment construire un patron d'un prisme ?

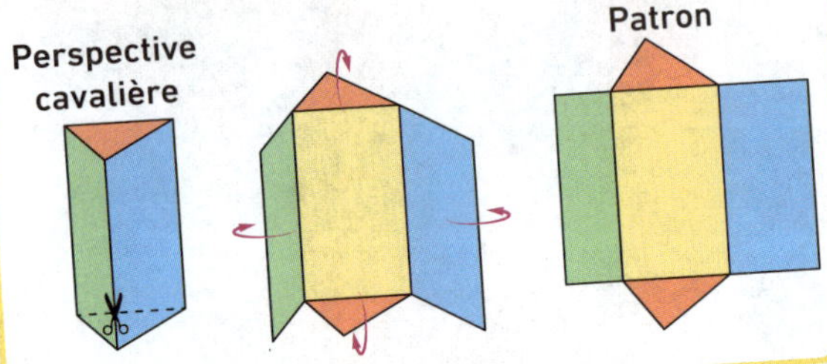

Comment construire un patron d'un cylindre ?

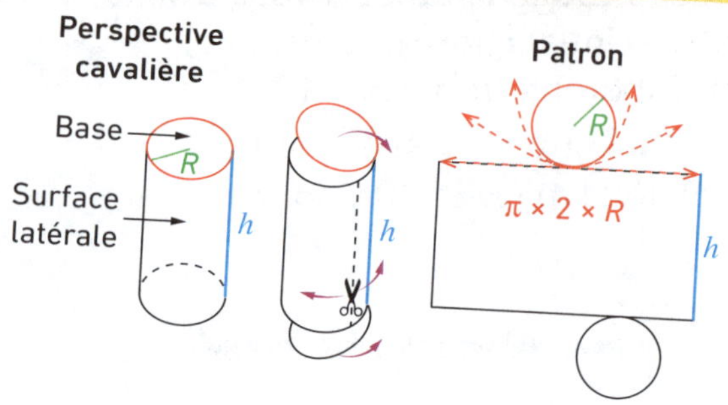

$\text{longueur}_{\text{rectangle}} = \pi \times \text{diamètre} = \pi \times 2 \times R$

> fiche 20

vidéo Lumni
hatier-clic.fr/25mat535

Les exos

★ **1** Associe chaque solide en perspective à son patron.

a. b. c. d.

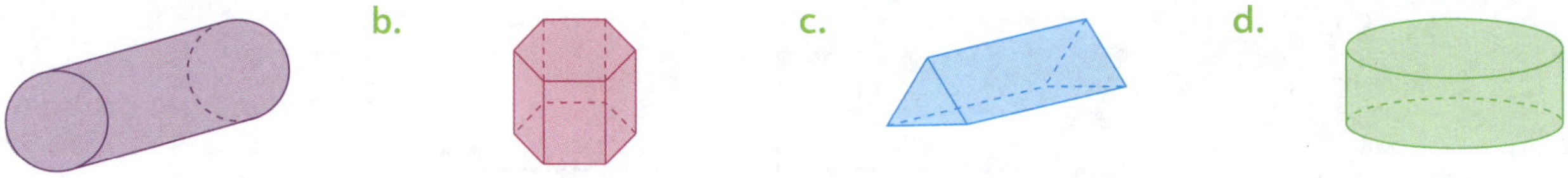

1. 2. 3. 4.

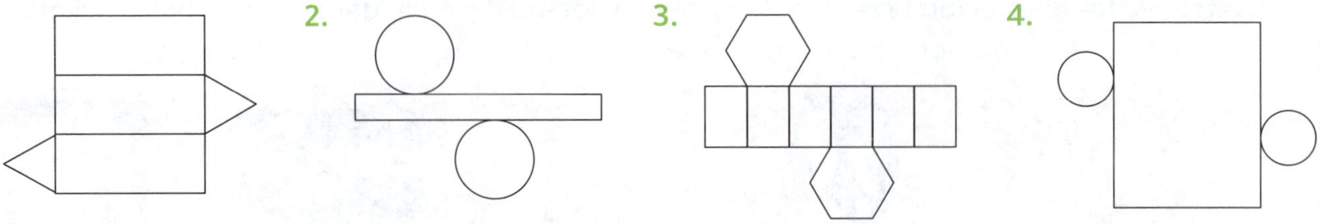

★★ **2** Complète les dimensions des patrons, puis dessine ces patrons sur une feuille à part.

> **Un coup de main ?**
> b. Tu dois d'abord calculer la longueur du rectangle.

a.

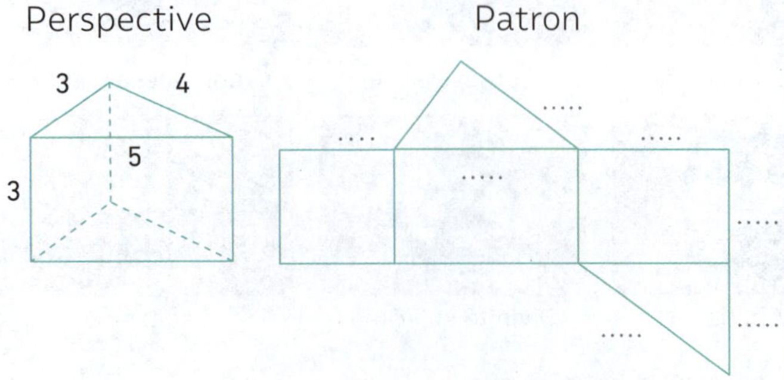

b.

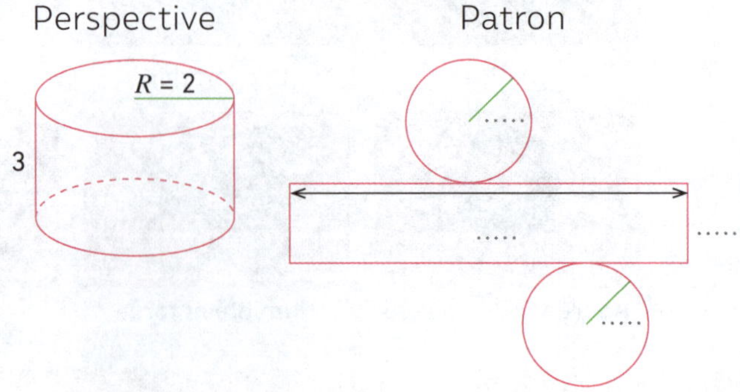

» Corrigés p. XI

36 Calculer des périmètres et des aires

Le mémo

Triangle
P = somme des longueurs des côtés

Triangle rectangle :
$A = (a \times b) \div 2$

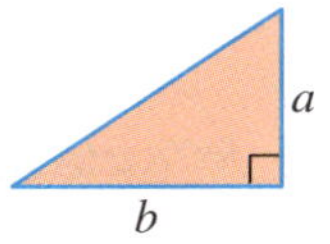

Triangle quelconque :
$A = (c \times h) \div 2$

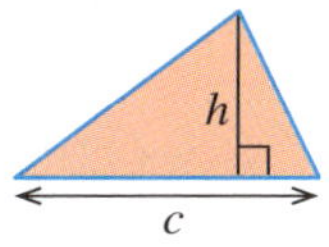

Cercle/Disque
$P_{cercle} = 2 \times \pi \times R$

$A_{disque} = \pi \times R \times R$

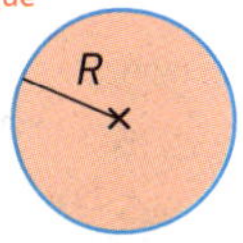

Rectangle
$P = 2 \times L + 2 \times \ell$

$A = L \times \ell$

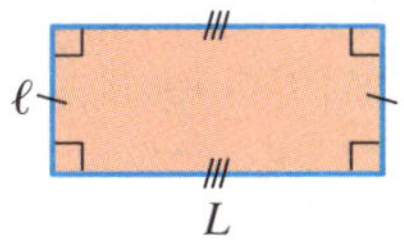

P = périmètre = longueur du contour
A = aire = mesure de la surface

Parallélogramme
$P = 2 \times a + 2 \times b$

$A = a \times h$

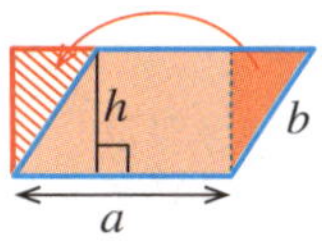

Carré
$P = 4 \times c$

$A = c \times c$

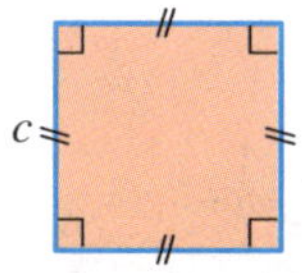

fiche 21

vidéo Lumni
hatier-clic.fr/25mat536

Les exos

1 **Calcule le périmètre et l'aire de chaque figure ci-dessous.**
Pour la question **c.**, donne les valeurs exactes, puis les valeurs approchées au dixième.

a.

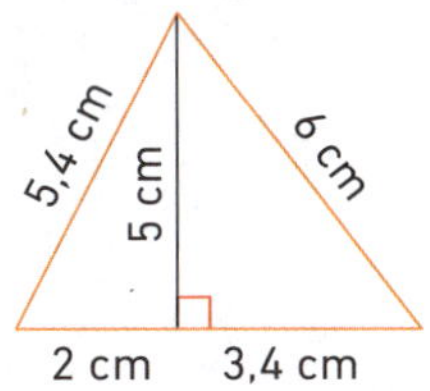

$P =$ ....

$A =$ ....

b.

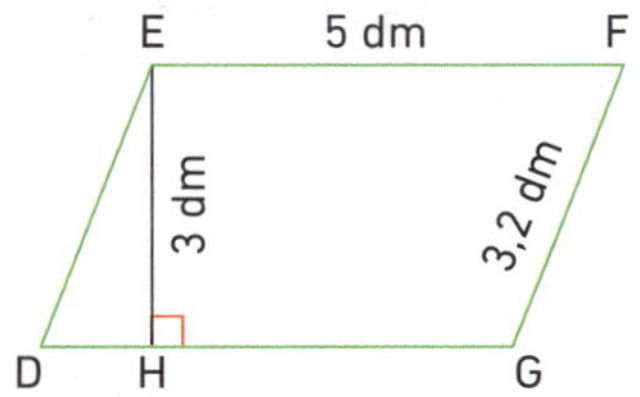

$P =$ ....

$A =$ ....

c.

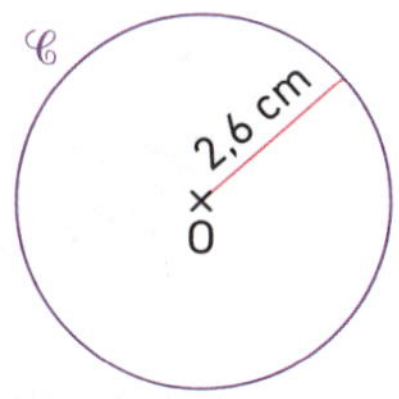

$P =$ ....

$A =$ ....

2 **Calcule l'aire de la cour de récréation du collège ci-dessous.**
Donne une valeur approchée au m^2 près, puis au dm^2 près.

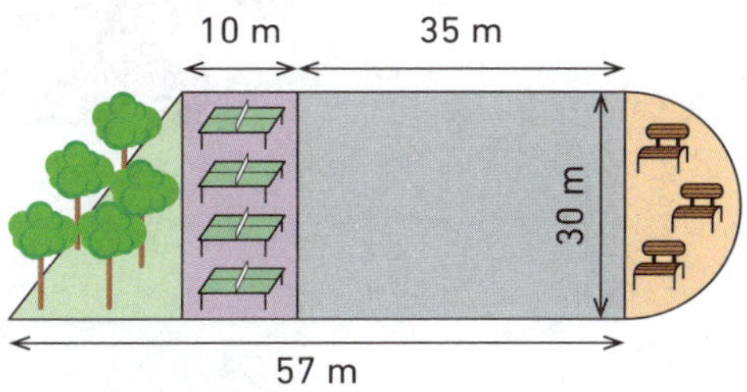

- Plantations
- Espace pour s'asseoir
- Espace libre
- Espace avec tables de ping-pong

....

....

....

....

....

Corrigés p. XI

37 Calculer des volumes et contenances

Le mémo

Quel est le volume d'un prisme droit ?

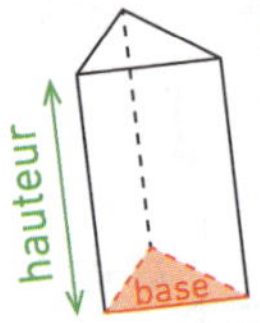

$V_{\text{prisme droit}} = \text{aire}_{\text{base}} \times \text{hauteur}$

(voir chapitre 36 pour les formules d'aires)

- **Pavé droit** : la base est un rectangle.

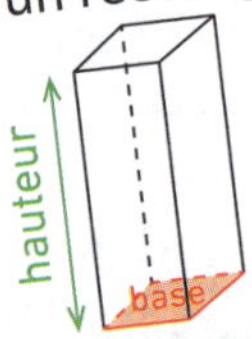

- **Cube** : la base est un carré.

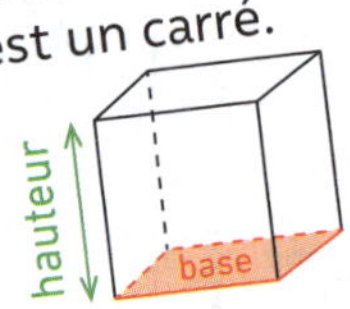

Quel est le volume d'un cylindre ?

$V_{\text{cylindre}} = \pi \times R \times R \times \text{hauteur}$

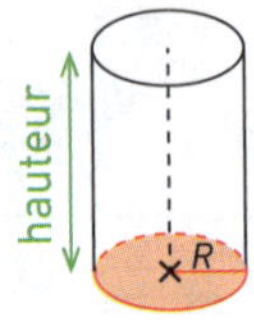

EXEMPLE : Si $R = 3$ cm et $h = 6{,}5$ cm, alors

$V_{\text{cylindre}} = \pi \times 3 \times 3 \times 6{,}5$.

Volume exact : $58{,}5\pi$ cm^3.

Valeur approchée à l'unité : 184 cm^3.

Comment convertir un volume en une contenance ?

1 dm^3 = 1 L

EXEMPLE : Une piscine a un volume de 64 m^3.

64 m^3 = 64 000 dm^3
= 64 000 L

Pour remplir entièrement la piscine, il faut 64 000 L d'eau.

> fiche 22

vidéo Lumni
hatier-clic.fr/25mat537

Les exos

1 ★ **Calcule le volume exact de chaque solide ci-dessous.**

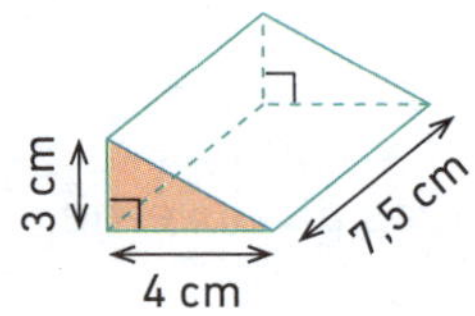

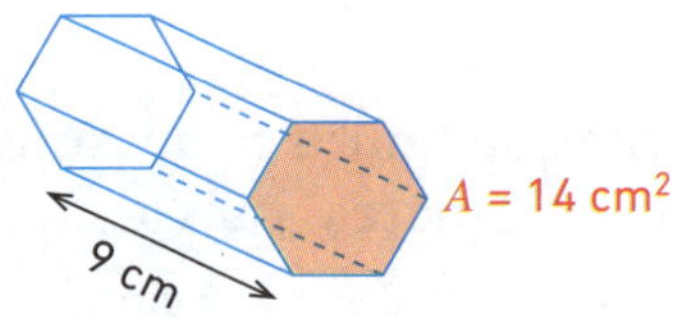

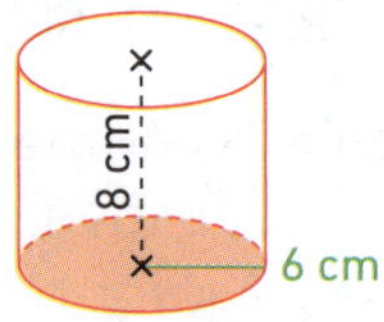

a. ....

....

b. ....

....

c. ....

....

2 ★★ **Calcule une valeur approchée au m^3 près du volume de ce hangar à bateaux.**

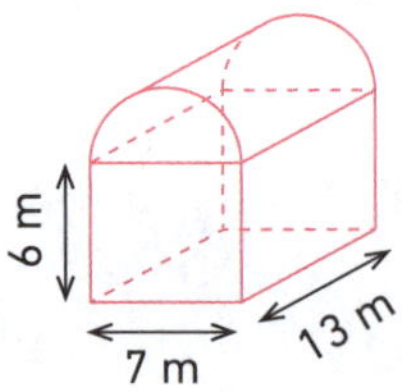

....

....

....

....

Un coup de main ?
Le hangar est l'assemblage d'un pavé droit et d'un demi-cylindre de rayon 3,5 m.

3 ★★★ Paul invite 10 amis pour son anniversaire. Il a une bouteille de 1,5 L de soda et il veut servir des verres en les remplissant jusqu'à la moitié de la hauteur. **Aura-t-il assez de soda ?**

Dimensions d'un verre

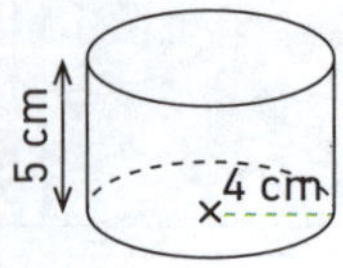

....

....

>> Corrigés p. XII

38 Convertir des unités

Le mémo

Quels sont les préfixes des unités à connaître ?

Les préfixes sont placés **devant** l'unité :

Giga- G 1 000 000 000 fois
Méga- M 1 000 000 fois
kilo- k 1 000 fois
hecto- h 100 fois
déca- da 10 fois
déci- d 0,1 fois
centi- c 0,01 fois
milli- m 0,001 fois

Quelles sont les principales unités légales ?

- Masse : gramme (g)
- Longueur : mètre (m)
- Contenance : litre (L)
- Durée : seconde (s)
- Quantité de données : octet (o)
- Énergie : joule (J) ou calorie (cal)

Comment convertir une durée ?

Pour convertir des minutes en heures et minutes, tu peux utiliser la **division euclidienne**.

EXEMPLE :

```
  1 2 7 9 | 6 0
− 1 2 0   |-----
  -------   2 1
      7 9
  −   6 0
  -------
      1 9
```

1 279 min = 21 × 60 min + 19 min
= 21 h 19 min

fiche 23

vidéo Lumni
hatier-clic.fr/25mat538

Les exos

1 **Observe les deux exemples, puis convertis les mesures suivantes.**

EXEMPLES : 2 hL = 2 × 100 L = 200 L 5 dm = 5 × 0,1 m = 0,5 m

a. 2 mg = ... g b. 3 hm = ... m c. 5 cL = ... L d. 12 dag = ... g

e. 444 kcal = ... cal f. 1 864 kJ = ... J g. 8 Go = ... o

2 **Convertis dans les unités proposées.**

a. 562 m = ... hm b. 200 g = ... dg

c. 500 mL = ... cL d. 3,6 km = ... dam

e. 0,073 5 kg = ... g f. 1,4 hL = ... dL

3 **Convertis les durées suivantes.**

a. 3,5 h = ... min b. 150 min = ... h

c. 55 min = ... s d. 2,3 h = ... s

e. 765 min = ... = ... h .... min

f. 3 835 s = ... = ... h .... min .... s

4 Le film a commencé à 20 h 42 et s'est terminé à 22 h 25.
Calcule sa durée en heures et minutes.

....

....

....

Corrigés p. XII

BILAN
Géométrie et mesures

Le quiz battle
hatier-clic.fr/25mat5b5

Le Quiz

*Vérifie que tu as bien retenu les points clés des **chapitres 35 à 38**.*

1 Les prismes et les cylindres

Comment s'appelle ce solide ?

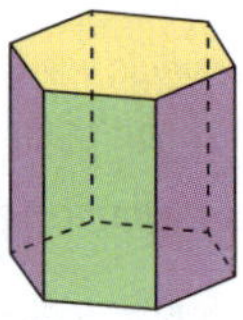

- ☐ un cylindre
- ☐ un prisme à base hexagonale
- ☐ un prisme à base pentagonale

2 Calculer un périmètre, une aire

Quels sont le périmètre P et l'aire A de ce rectangle ?

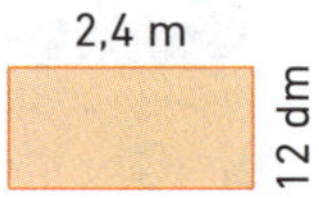

- ☐ $P = 2{,}88$ m et $A = 7{,}2$ m^2
- ☐ $P = 28{,}8$ m et $A = 28{,}8$ m^2
- ☐ $P = 7{,}2$ m et $A = 2{,}88$ m^2

3 Calculer un périmètre

Calcule le périmètre de ce cercle (valeur approchée à l'unité).

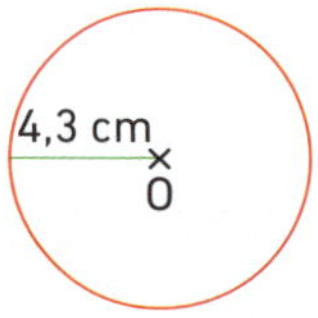

☐ 27 cm ☐ 13,5 cm ☐ 58 cm

4 Calculer une aire

Quels sont les deux calculs qui permettent de trouver l'aire du triangle ABC ?

- ☐ $\dfrac{4+3+5}{2}$
- ☐ $\dfrac{(3+4)\times 5}{2}$
- ☐ $\dfrac{4\times 5}{2}+\dfrac{3\times 5}{2}$

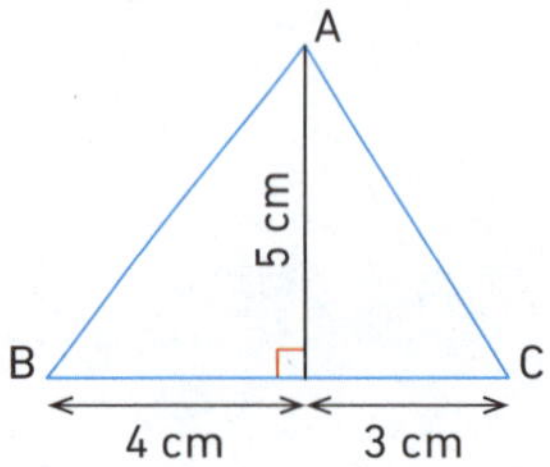

5 Convertir des unités d'aire

3 500 cm^2 = …

☐ 35 m^2 ☐ 3,5 m^2 ☐ 0,35 m^2

6 Calculer un volume (1)

Dans une boîte de sucre en forme de pavé droit, remplie entièrement : il y a 4 morceaux dans la largeur, 14 morceaux dans la longueur et 3 couches.

Combien de morceaux de sucre cela fait-il ?

- ☐ 21 morceaux
- ☐ 168 morceaux
- ☐ 59 morceaux

7 Calculer un volume (2)

Quel est le volume de ce prisme à base triangulaire ?

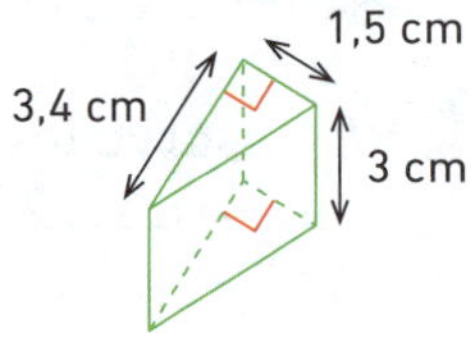

☐ 7,65 cm^3 ☐ 7,9 cm^3 ☐ 15,3 cm^3

8 Convertir des unités (2)

Combien de millimètres y a-t-il dans trois hectomètres ?

☐ 300 000 ☐ 30 000 ☐ 3 000

9 Convertir des unités de volume

1 m^3 = …

☐ 10 dm^3 ☐ 100 dm^3 ☐ 1 000 dm^3

10 Calculer avec les durées

La cuisson des cookies dure 750 s.
À quelle durée cela correspond-il ?

☐ 7 min 50 s ☐ 12 min 50 s ☐ 12 min 30 s

» Corrigés p. XII **Score :** …../10

Jeux et énigmes

1 Les chutes du Niagara dans la baignoire

Les chutes du Niagara (Canada) ont le débit le plus élevé de toutes les chutes d'eau du monde. Il s'écoule environ 750 000 gallons d'eau en 1 seconde. **Combien de baignoires pourrait-on remplir avec l'eau écoulée en 1 minute ?**

Indice
- 1 gallon = 3,785 L
- 1 baignoire contient environ 150 L.

....

....

2 La cérémonie inca

La jeune inca Atziri doit assister à une cérémonie dans quelques jours, mais elle a tout oublié. **Peux-tu l'aider à retrouver le lieu, la divinité honorée et l'offrande qu'elle doit y déposer ?**

1. Pour chacune des figures de la pyramide, **calcule** le périmètre (P), l'aire (A) ou le volume (V). (Arrondis à l'unité si nécessaire.)

2. Pour chaque résultat obtenu, **barre** la proposition associée au nombre trouvé.

3. **Retrouve** la divinité honorée, le lieu de la cérémonie et l'offrande d'Atziri.

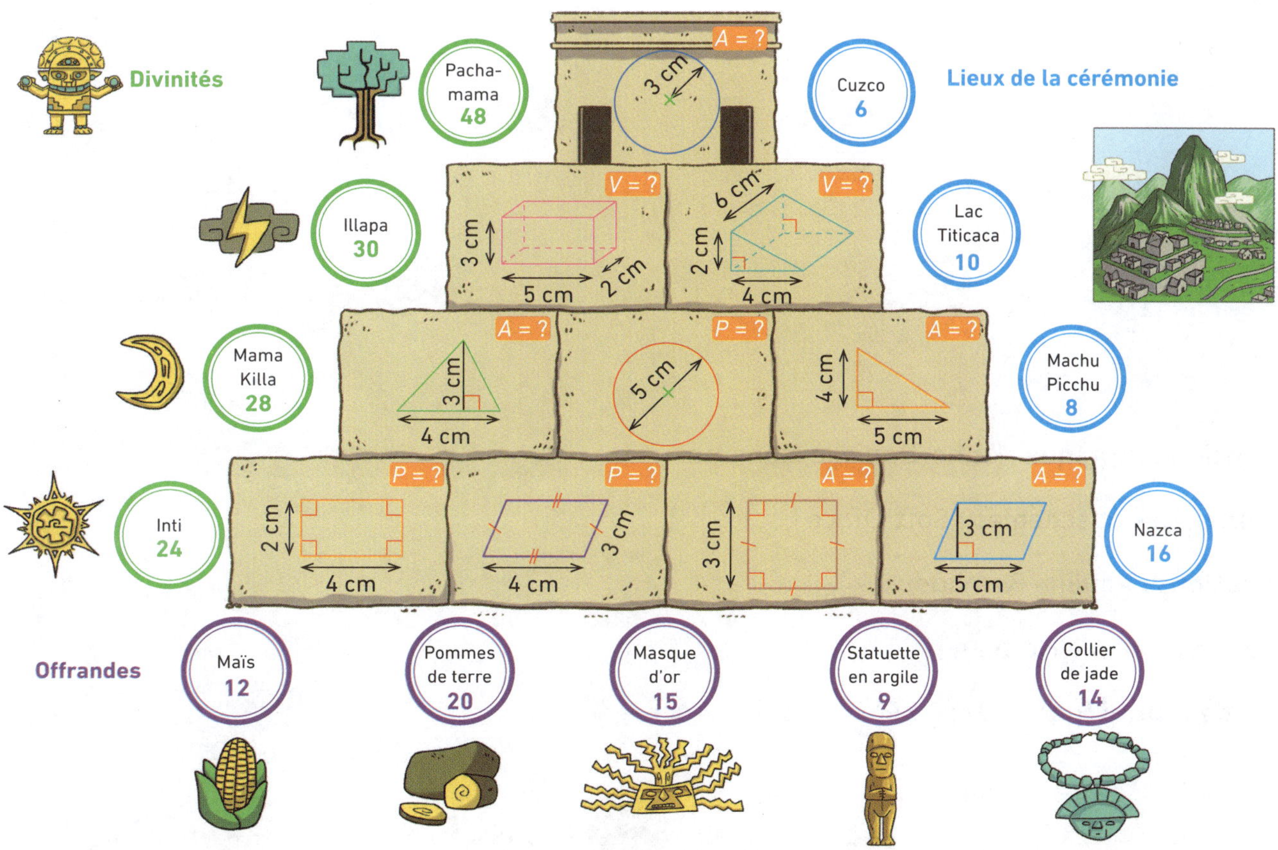

» Corrigés p. XII

Conception graphique : Anne-Danielle Naname

Mise en pages et schémas : Soft Office

Illustrations : Pauline Bernadoux

Édition : Stéphanie Herbaut

Photo de fourmi (page 28) : NERYX / Adobe Stock

Hatier s'engage pour l'environnement en réduisant l'empreinte carbone de ses livres. Celle de cet exemplaire est de : 400 g éq. CO_2 Rendez-vous sur www.hatier-durable.fr

Achevé d'imprimer par l'Imprimerie de Champagne à Langres — France
Dépôt légal : 11536-1/01 — Juin 2025